請勿告白

Don't Say Love Me

御喬兒 著

你不想聽我告白，但我還是想告訴你，
我想讓你知道，有個人這麼喜歡你，
喜歡到不怕因為你而傷心。

Chapter 1 匿名校版的八卦

跟著音樂的拍點，方寅衍震動著身體各部位，雙腳時而交叉、時而向兩旁滑動，俐落的帥氣舞姿讓池詩雅看得目不轉睛。

這天社課結束後，popping組的高一成員留下來多練習了一會，其中也包括方寅衍。

跟他不同組的池詩雅明明早就結束練習了，卻還在一旁慢悠悠地收拾東西，雙眼直瞅著正在練舞的他。同社團的其他人看在眼裡，都猜得出她接下來打算做什麼。

「學姊……妳要告白的話，那我就先走了？」

平常總跟池詩雅一起搭公車回家的學妹林羽雁開口。她表面上客客氣氣的，其實不知在心底翻了多少次白眼。

自恃長得好看就想攀認識沒幾個月的男神，那嘴臉她也是看夠了。林羽雁拉緊了側背包的肩帶，正欲轉身離開，卻被池詩雅一把抓住。

「不要這樣嘛，人家也是會緊張的，等一下妳站在外面陪我嘛！」池詩雅小聲撒嬌，聲音恰好被淹沒在背景的放克音樂中，並未讓方寅衍聽見。

她的眼神和語調眞誠而羞澀，似乎眞把林羽雁當成自己的好閨密，希望有人能陪著她壯膽。但事實上，池詩雅只不過是想要有個人見證她告白成功罷了。

方寅衍看起來不是太高調的人，但他選擇了她這件事，怎麼樣也該被全校知道。就讓學妹見證這一切，並暗示學妹可以投稿至匿名校版，事後自己再假裝那是學妹擅作主張——就這麼辦吧！

池詩雅喜孜孜地打著如意算盤，卻沒想到如果告白失敗了還有人旁觀，她將會有多難堪。

她掏出化妝鏡，對著鏡中的自己抿了抿唇，今天的妝容是上次被方寅衍注意到的甜美蜜桃色系，她自信地笑了下。

即便透過鏡子瞥見林羽雁露出一絲不情願的表情，她也不甚在乎。

方寅衍覺得很不自在，這份不自在打從練習開始就存在著了。

每當從練舞室的鏡面看見後方正在和別人聊天的池詩雅，以及接收到其他人帶著調侃意味的視線，他就感覺不太對勁。

更不對勁的是，練習結束後，原本總會和自己結伴返家的夥伴們不知怎地，都有事得先走，且理由千奇百怪。

「我要去接女朋友啦！」

「我媽來接我。」

「我想一個人靜靜……」

聽了他們的說詞，方寅衍差點沒當場笑出來，話都說到這分上了，他再不曉得等一下會發生什麼事，他就是傻子。

果不其然，在大家推搡著衝出練舞室之後，偌大的空間裡只剩下他和池詩雅兩人。

「方寅衍，你知道我留下來是爲了什麼吧？」池詩雅完全不顯緊張，勾起一抹微笑並站起身朝方寅衍走去，姿態簡直自信過了頭。

心生反感的方寅衍充耳不聞，背起書包準備轉身就走。

池詩雅沒想過方寅衍的反應會如此冷淡，被羞辱的感覺令她一時間火氣都上來了，忍不住不滿地高聲大喊：「你現在是怎樣？」

「沒怎樣。」方寅衍毫不掩飾，厭惡地嘆了口氣，依舊看都沒看池詩雅一眼，僅是微微側身，口氣不善，「如果妳是要告白，就滾。如果妳不是要告白，就長話短說。」

「喂，你憑什麼這樣跟我講話？」池詩雅氣極了，她重重地跺著腳步走近方寅衍，然後一把抓住他的肩，逼他直視她。

她只想過自己或許連「喜歡」兩個字都不必說出口，就能將眼前這人手到擒來，卻沒想過對方連她的告白都不願聽。

「憑現在是妳要告白，不是我要告白。」他居高臨下盯著她，說出的話比他那冷酷的神情還要尖銳。

兩人對視了幾秒，察覺到方寅衍想掙脫她的手，池詩雅咬了咬唇，先放開了他。

這次的告白顯然已經失敗了，可她的自尊讓她無論如何都不能接受這個結果。

「你可以給我一個理由嗎？我明明是和你最相配的人……」池詩雅心一橫，在方寅衍離去前不情願地示了弱。方寅衍聞言停下腳步，神情不變地一字一句清晰說道：

「第一，我不認爲我們很相配。第二，就算妳是我喜歡的類型，也沒人說我就一定要喜歡妳。第三……」

他深吸一口氣，講出了那句他最不想提，卻又不得不說的話——

「不要跟我告白，我不想聽到別人對我說出那四個字。」

語畢，他看都沒看不甘落淚的池詩雅，徑直走出練舞室，在門口遇到面露譏誚的林羽雁時，也只是瞄了一眼便大步離開。

但目睹了整個過程的林羽雁可不像他那麼平靜。

當眼眶泛紅的池詩雅也和方寅衍一樣直接忽視她就走掉時，她心中除了幸災樂禍，頓時更多了憤怒之情——不是很想紅嗎？我就讓妳紅！

於是，她拿出手機，點開了社群軟體……

這天晚上，顏未縭洗完澡後突然心血來潮，想關注一下學校的匿名版。也不管頭上還戴著洗澡用髮帶，她就這麼舒舒服服地躺到了沙發上，儼然一副可以窩上一個小時的姿勢。

她點開紫橘雙色漸層的IG圖示，熟門熟路地在搜尋欄位輸入「告白」兩字，畫面上隨即跳出她想要尋找的那個帳號，「告白/靠北和安」。

開學前她便追蹤了這個帳號，不過當時她只瀏覽了幾篇學長姊寫給新生的注意事項，接著就再也沒有留意新貼文了。現在想來有點可惜，匿名校版可是挖掘校內八卦與流行趨勢的最佳去處，不僅常有人投稿爆料，某些有心人士還會藉著匿名版散布與師生糾紛、校園風雲人物有關的謠言。

最近班上剛換了新座位，或許她可以在上面看到和她同桌有關的貼文，畢竟對方正好是風雲人物之一，她也可以順便了解一下未來的新夥伴。

#告白／靠北和安3012

求新一代熱舞社男神的IG！

#告白／靠北和安3011

方寅衍眞的好帥嗚嗚嗚，好想當他女朋友！到底有沒有好心人知道他的帳號？

不出所料，一連好幾篇皆是類似的貼文，那些貼文底下甚至都有幾十則留言，一個個哀號抱怨著找不到方寅衍的IG帳號，顏末繽不禁在心底欽佩起這位新同桌的魅力和神祕。

可是……

顏末繽隨手滑下了手機的通知介面，今天已經是十二月一日。都開學多久了，還找不到他的IG，到底是大家不夠會找，還是方寅衍太會隱藏？

這個念頭意外激起了她的好勝心，剩下的貼文也不看了，馬上就跳回搜尋欄位準備著手找出方寅衍的帳號。

其實剛開學她就幾乎要到了班上所有同學的IG帳號，並互相追蹤，唯有方寅衍除外。由於沒什麼機會和他搭話，又總覺得主動去要校園男神的IG會被誤以爲是迷妹，於是她便作罷了。

現在，是她第一次嘗試找尋方寅衍的帳號。

他應該不是會用什麼奇怪名稱的人吧？

顏末縭試探性地輸入了「方寅衍」三個字，畫面上只跳出幾個名字相近的陌生人。

也是，如果這樣就找得到，就不會有一堆人在匿名校版上把他講得像都市傳說一樣了。

她切換了輸入法，嘗試以各種排列組合輸入方寅衍姓名的羅馬拼音，接著又絞盡腦汁地回想他的英文名字，但好不容易想起來後，用以搜尋仍是一無所獲。

好吧，只好採取另一個方式了。

顏末縭伸了個懶腰，舒展一下肢體，然後抬手點進和方寅衍最要好的那個男生的IG。她盯著對方人數破千的追蹤名單，遲遲沒有動作。

眞的有必要這麼做嗎？

她先同樣用方寅衍的羅馬拼音在追蹤名單內搜尋，結果毫無進展。深吸一口氣，她放下手機，邊走向書桌邊拆下了頭上的髮帶。

她整理了一下書包，確認沒有尚未完成的事情後，便躺到了床上重新拿起手機。再次點開那個男生的追蹤名單，顏末縭又自問了一次這麼做的必要性——

有必要。

她一向自認是人肉搜索王，輕易放棄不是她的風格，因此她開始檢視起班上所有男生及學校熱舞社的官方帳號，甚至是方寅衍國中同學的追蹤名單，一旦看到有可能是方寅衍的帳號就記錄下來，如此反覆進行著這項工作。

「嗶嗶——嗶嗶——」

直到聽見自己的電子手錶響起提示聲，顏未緺這才回過神，驚覺時間已是午夜。

她到底在幹麼？盯著手機備忘錄中列出的幾十個帳號，她暗嘆一口氣，懊惱著自己又一時衝動做了沒意義的蠢事。

她停下人肉搜索的行徑，回到「告白／靠北和安」的頁面想看看有沒有新消息，一篇幾十分鐘前發布的新貼文赫然映入眼簾。

#**告白／靠北和安3013**

方寅衍根本就是個爛人！大家都眼瞎？剛剛池學姊去找他告白，問他「你知道我留下來是爲了什麼吧？」他卻完全不鳥人家，學姊覺得委屈、生氣了，他還在那邊嗆「不要跟我告白」，是有病？以爲自己很夯？全校都知道jazz組舞研超美你還拒絕，拒絕就拒絕還在那邊裝高清？哪招啊！噁心死了！

……這人才有病吧？表面上替「池學姊」打抱不平，卻把人家的姓氏和在社團的職位都爆出來，怎麼看都是想讓那個學姊被方寅衍的粉絲圍剿啊！

顏未縭一面看一面嘖嘖稱奇，點入貼文，底下不出所料已累積了近百則留言。

「裝高清是什麼？笑死，是裝清高吧！國文這麼爛好意思罵人。」

「奇文共賞。」

「反串吧？不是反串的話她的腦袋堪憂啊。」

「@shihya__chih__ 妳告白被拒絕？真假？」

根據顏未縭闖蕩網路多年的經驗，如果這則爆料是眞的，那要麼是這學妹挺學姊挺到腦子都沒了，沒意識到這麼做是招黑，要麼就是——這學妹對「池學姊」早就積怨已久了。

❤

「欸，妳覺得那到底是眞的還是假的？」

「我覺得是眞的耶，但爲什麼他不是直接拒絕，而是說什麼『不要跟我告白』？超怪的！」

「重點是爆料者的心態吧？不過我之前就聽說池詩雅好像和熱舞社的學妹都處不

來，我看那發文語氣也像女的……」

隔天來到學校，走在前往教室的路上，顏未縭每當與別人擦肩而過時，都會聽到諸如此類的對話。短短幾分鐘的路程，耳邊圍繞的全是「不要跟我告白」這句話，看來昨天那則貼文的爆料內容已經傳遍了整個校園。

其實她挺驚訝的，雖然從貼文下方不出多久就破百的留言數，便能推斷出方寅衍的人氣之高，可是顏未縭依然沒想到，他竟然能紅到整個學校都有人不時在談論他的地步。

好吧，果眞是新一代熱舞社男神。她想起昨天在匿名校版見到的幾則迷妹留言。眾人的熱烈議論讓顏未縭聽得津津有味，有替池詩雅打抱不平的、有仍覺得方寅衍又酷又帥氣的，也有毫不知情就被朋友抓著講八卦的。聽著聽著，顏未縭忍不住加快腳步，想趕緊進教室看看身爲話題主角之一的方寅衍有什麼反應，卻突然被人從後面重重打了一下。

「顏未縭！」

「噢！」

顏未縭一臉痛苦地用手掌按住被打的地方，回過頭去，只見是自己的損友陳梧靜。

「啊！對不起對不起！」陳梧靜連忙道歉並拍了拍她的背，隨即問道：「欸，妳有沒有看到那篇靠北文？講方寅衍的那篇。」

「當、然有……我那時候還剛好在找他的IG咧……」顏未綰斷斷續續回應，半抬手示意自己需要緩一緩，接著彎下腰又咒罵了一句：「陳梧靜……真的很痛！」

「抱歉啦，話說妳也對他有興趣？否則幹麼找他的IG？」陳梧靜像是發現了新八卦，討好地摟住顏未綰的肩，興味盎然地追問。

「做夢！」疼痛好不容易緩了過來，顏未綰將書包往上提了提後罵了一聲，推開陳梧靜的頭，「我只是看大家都找不到，想挑戰一下而已。」

「那有沒有找到？不過怎麼都沒人去問他本人？」

「沒找到啊，我想就算有人去問了，也不會刻意公開讓大家知道吧？畢竟他低調成那樣。」

兩人在走廊上邊走邊聊，不時嬉鬧著彼此推撞，沒意識到四周人群似乎都在和她們朝同一個方向而去。

「對了，聽說發文的人是隔壁班的。」陳梧靜神祕兮兮地向顏未綰說。

「喔。話說現在幾點了？總覺得人少了好多……」顏未綰敷衍地回了一個單音節，四下打量。這條走廊邊的教室裡幾乎都沒什麼人，甚至有幾間根本不見半個人影。

奇怪，剛剛不是還有一堆人在聊八卦嗎？

這個疑惑一直持續到她們抵達教室門口，才終於被解開——原來大家都擠到這裡來了。

「靠。」陳梧靜簡單直接地罵了一個髒字，完美地表達出她的感想。

一大群人擠在他們班門口，或者透過窗戶朝裡頭張望，場面十分混亂。雖然靠近門口的大多是她們班的同學，但也有不少試圖闖進去的別班學生。

在撥開人群前，顏未緺突然想起陳梧靜告訴她的消息，於是下意識轉頭瞥了下隔壁班。只見兩個女生站在隔壁班的前門說悄悄話，神情侷促不安，其中一個還委屈似的紅著眼眶。

有卦。顏未緺暗自點點頭，接著開始為自己疏導起「交通」。

「借過……欸！」等她擠進教室，轉頭想招呼陳梧靜一起過來時，卻發現對方早就利用她擠出的空間衝到了方寅衍旁邊，毫不客氣地一屁股坐到她的課桌上看起熱鬧——之所以坐在桌上，是因為顏未緺的座位被一個別班的男同學霸占了。

顏未緺撇撇嘴，即便心中略感煩躁，她還是按捺著性子朝那個男生開了口，並抬手輕拍對方的肩膀。

「同學不好意思，這是我的位子……」

「所以到底是怎樣？你對她有什麼不滿嗎？你這樣害她很丟臉！」然而對方似乎渾然不覺，只是兀自激動地以護花使者的姿態大罵方寅衍。

「她自己要去告白的，關被告白的人什麼事？」方寅衍都還沒發話，顏未縭班上的一個女生便用比那個男生還大的音量吼回去。

這場面像極了記者會上記者們搶著訪問傳出緋聞的男藝人，結果卻先自己吵起來。

「那又關妳什麼事？」

「那又關你什麼事？」

聽到這裡，顏未縭受不了了，原先的煩躁徹底化爲怒氣，她實在無法忍受這種毫無意義的幼稚爭吵，根本徒增負能量。

「吵死了！」

顏未縭想都沒想地吼出聲，她平常嗓門就大，此時一暴喝讓整間教室連同外面的走廊上都瞬間安靜下來。

全場凝滯了好幾秒，那男生發覺顏未縭針對的人是自己，於是一拍桌站了起來，居高臨下瞪著她，語氣不善：「怎樣？很凶喔？」

兩人就這麼互瞪著，一個裝腔作勢地睥睨，一個不甘示弱地昂高脖子。

氣氛瞬間變得更加緊張，其他人連動都不敢動，只有陳梧靜心虛地從顏未縭的課桌上跳了下來。

見自己的桌子空了，顏未縭順勢把書包重重甩到桌上，怒道：「他拒絕那個女生的告白又怎樣？他怎麼拒絕她的又怎樣？連藝人都沒必要交代自己的祖宗八代了，他又為什麼要？我也同情那個女生啊！一件小小的私事搞得人盡皆知，你怎麼不先去怪隔壁班那位害當事人丟臉的爆料者！」

好巧不巧，她話才說完，隔壁班便傳來一記清脆的巴掌聲，一個女孩語帶哽咽高聲斥罵：「妳怎麼好意思這樣對我？這下我丟臉了，妳高興了吧？」

顏未縭環顧四周，發現大家都是一副既驚嚇又不由自主看向隔壁班的樣子，於是趁機煽動兼恐嚇眾人：「看吧？你們這些人也是，要看戲給我去隔壁，現在這裡的記者會結束，立刻、給我、出去！」

聞言，不少人識相地轉頭就走，出於從眾心理，其他人見狀也紛紛跟上，結果人群一哄而散，有的回自己的教室了，有的則真的跑去隔壁班觀戰。

只有那個被顏未縭教訓的男生還站在原地，似乎有意回嘴，可顏未縭沒給他機會，惡聲惡氣地乘勝追擊：「你不必問我幹麼護航他，我根本不想管這些屁事！但誰叫這裡他媽的是我的教室，而你現在就擋在我的位子上！」

一聽到髒字，那男生彷彿突然醒了，嘴上也飆了一串髒話出來，不過顏未縭的氣勢明顯占上風，又比較有理，所以最後他只是惡狠狠地撞了她一下便離開了。

顏未縭脾氣硬歸硬，畢竟仍是個手無縛雞之力的女孩子，毫無防備地被用力推了這麼一下，她頓時重心不穩地往後摔去。

見跳出來替自己趕跑圍觀群眾的女生就要跌倒，原本在一旁始終沒吭聲的方寅衍迅速起身，想也沒想便直接捉住顏未縭的手腕，另一隻手則順勢摟住她的腰，撐住她的身子。

兩人之間隔著一張椅子，姿勢與其說是曖昧，更像是隔著一段距離在跳華爾滋。

顏未縭沒有馬上反應過來，只覺得自己的身體似乎不是自己的，她完全搞不清楚自己是怎麼被拉回來的、又被方寅衍碰了哪裡。

「啊……謝謝。」

意識到自己的動作有些失禮，方寅衍隨即將手收了回去。瞧著顏未縭愣愣道謝，他一時間不太能將她這呆滯的模樣，和那中氣十足大罵眾人的架勢連結起來。

「不會。」他點了個頭，顏未縭也很快回過神。她先是環顧空蕩蕩的教室，然後愉悅地呼了一口氣。

爽啦！耳朵終於清靜了！她痛快地心想，即使因此得罪了一個不知打哪來的男生，她也無所謂。

她看向方寅衍，心裡瞬間冒出一個問句——你的IG帳號到底是什麼？

「謝謝妳幫我趕走那些人。」

而雖然顏未縭看似對此不怎麼在意，方寅衍仍是開口道了謝。說實話，他挺欣賞這女生的魄力。

之前他沒怎麼注意過顏未縭，但是她剛才那一串鏗鏘有力的流暢「演講」著實震懾他了，他這才知道原來班上還有說話如此率直的人。

「不會，他們本來就礙到我了，正好拿你當藉口發揮而已。」顏未縭還想著IG帳號的事，這番話沒怎麼多想便脫口而出，講完後她才驚覺不對，尷尬地想改口：「我是說……」

她以爲方寅衍會冷下臉，豈知卻聽見了笑聲。

「噗！」

方寅衍終於忍不住笑了，雖然不曉得顏未縭到底在思考些什麼才如此口不擇言，不過這般直爽的態度並不令他反感。

笑什麼啊？顏未縭心不在焉地陪著方寅衍乾笑了幾聲，發現對方似乎沒傳言中那麼難以接近，於是趁著氣氛良好問了出口：「我可以知道你的IG帳號嗎？」

她吞了吞口水，一隻手下意識伸向制服裙的口袋，想拿出手機開啟備忘錄對照。

「嗄？」方寅衍愣了一下，或許是被顏未縭的說話方式影響，他的語氣也變得直接：「我沒有IG啊。」

顏未縭彷彿聽見自己的腦袋轟的一聲，那是理智炸開的聲音。

這種校園風雲人物怎麼會沒有IG！她不可置信地心想，白費力氣的無力感隨即湧現。

說不定方寅衍只是不想告訴她，所以故意裝傻？她在心裡如此安慰自己，這樣她昨天一整晚的努力才不會顯得可笑。

「你不申請IG帳號，是因為怕麻煩嗎？」

為了不讓對方感覺自己好像很失落，顏未綰邊問邊側過身，將自己的書包從課桌上放到椅子上，隨後坐了下來，拿出文具和幾張待繳的通知單回條，裝出漫不經心的模樣。

方寅衍也跟著坐下，他瞅著手忙腳亂的她，淡然答道：「對。」

此時教室裡只剩他們兩人，和其他幾個原本就沒有加入戰局的同學，十分安靜，只有隔壁班的爭吵聲不時傳入他們耳中。

「喔，那你平常都用什麼社交軟體或通訊軟體？」整理完桌面，顏未綰又拿出手機，心裡暗自祈禱方寅衍不要說他沒在用任何社交軟體。

「……LINE？」明明顏未綰並未透露出什麼訊息，方寅衍仍總覺得此刻自己不管怎麼回答，都會讓場面有點尷尬。

看對方拿著手機，他大概明白了她的心思，不過掙扎了幾秒便主動問：「妳要加嗎？」

顏未綰略為驚喜地睜大眼睛，雖然方寅衍有在用通訊軟體挺讓她欣慰的——至少沒回答他沒有手機——可是她完全沒料到，他會這麼乾脆地讓她加他的LINE好友。

這種機會當然要好好把握！

顏未縭其實也不是特別仰慕方寅衍，但能加校草的LINE總是令人興奮的。

「可以嗎？」她嘴上雖然詢問著，手卻已經很自動地點開了LINE，「你的ID是什麼？」

「yinyan0910。」方寅衍說完，還沒拿出手機，顏未縭就輸入完成了。

她用另一隻手接過方寅衍的手機，透過LINE頭像確認沒加錯人後，便將手機還給了他。

過程中，顏未縭感覺自己碰落了東西，彎腰查看地板卻又沒發現什麼，只得聳聳肩作罷。

不久，早自習的鐘聲響起，同學們陸陸續續地返回教室。

「欸，妳剛剛真的很嗆耶！」陳梧靜一走進來就朝顏未縭嚷嚷，其他人聞言也把目光落到了顏未縭身上，「妳都不怕那男的之後來找妳碴？」

「對啊！妳撿到槍？」

「可是聽妳嗆他超爽的，其實我根本就對八卦沒興趣，我的位子也一直被別班的人擋住……」

「最好是，擋住我座位在那邊探頭探腦的，不是你是誰？」

同學們再次圍了過來，只是這回簇擁的對象從方寅衍換成了顏未縭。有人一副好哥們的姿態拍了拍她的肩，稱讚她夠敢講，立刻被她嫌惡地拍掉了；有人則是滿臉嘲諷假意說擔心她，也被她一掌打了下去，氣氛好不熱絡。

「早自習了啦！統統回去、回去！他要是眞的來堵我，你們就幫我堵回去，知不知道？」顏末縭擺擺手，用趕小狗般的口吻說，隨後拿下微微鬆脫的髮夾，準備把撥亂的劉海重新整理好。

側過臉將髮夾別回劉海上時，顏末縭注意到方寅衍正盯著她，且似乎是從他把手機收起來後就一直如此，於是她下意識地問：「怎麼了嗎？」

聞言，方寅衍撇過頭，嘴唇在她看不見的角度張了又閉，最後不自在地伸手捋了捋自己的髮絲，「……沒事。」

他要怎麼問才不會顯得像在諷刺啊——

我之前怎麼都沒注意過妳？

看她和班上同學那麼自然地打鬧，應該也是個風雲人物才對。

此時，班導正好走進教室，一開口就問大家稍早在吵些什麼，聲音大到他在走廊另一端都能聽見。

爲了避免同學們大肆宣揚她的「事蹟」，顏末縭迅速自行舉手搶答，簡潔地說明了匿名校版上的八卦、各班同學聚集在他們班看熱鬧的行爲，最後輕描淡寫地作結：「所以我就請他們都出去了。」

班導不疑有他地點點頭，勸同學們不要瞎起鬨以後，便開始講起了正事。

方寅衍又瞧了顏未縭一眼，最終還是只能把自己的疑問憋在心中。

早上罵完人之後，顏未縭雖然也偷偷擔心了下她罵的那個男生會不會是黑道大哥，或者她會不會因此登上匿名校版之類的，但她和方寅衍之間的關係藉著這次事件拉近了那麼一點，這個收穫就足以抵銷那些不一定會成眞的風險了。

雖然不過就是進展到上課時可以閒聊一兩句、偶爾向彼此借個筆、幫忙傳東西的程度……總歸還是一種進步。

先前只要同桌的同學是女生，方寅衍幾乎是不會和對方說話的，更遑論班上的其他女同學了。就連活潑如顏未縭，在開學後的這三個月以來，也沒什麼機會和他說上話。

大家都在私下議論，方寅衍連製作海報這種基本的班級活動都不參與，是不是有社交恐懼症？還是認爲自己很高尚，不屑和同學們來往？

甚至有和他說過話的女生表示方寅衍講話很不討喜，搞不好是爲此感到自卑才乾脆不接觸人群。

諸如此類的猜測傳得滿天飛，然而顏未縭並不怎麼信。搞不好那些女生只是恰巧和方寅衍磁場不合，何必把別人說得那麼難聽？看他和男生就相處得挺好的。且在她的認知中，帥哥多半是喜歡社交的，雖然方寅衍沒用IG著實出乎她的意料，如今能和有點神祕的他有了互動，也是她預想不到的。

她本來只是為了一吐自己的怨氣，才會飆罵那個占了她座位的男生，結果卻意外得到班上不少同學的稱讚，以及方寅衍的另眼相看。

因爲方寅衍主動給了LINE的關係，顏未縭的膽子也大了起來，一整天上課下來不時邊轉筆邊偷覷他。她忍不住猜想著方寅衍以「不要跟我告白」這句話拒絕別人告白的原因，雖然她指責爆料者公開他人私事指責得義正詞嚴，但其實還是挺好奇他爲什麼說那番話。

反正她之前應該沒有太咄咄逼人，不至於讓人感覺太雙重標準吧？她爲自己找了個心安的理由後，便假裝不經意地向方寅衍旁敲側擊——「所以你那時候到底回了池詩雅什麼」「你和池詩雅本來關係很好嗎」。

方寅衍則是狀似不介意、也可能是假裝自然地這麼回答——「我好像是說『不要跟我告白，我不想聽到別人對我說出那四個字』吧」「普通，就社員關係」。

方寅衍的一派輕鬆和認眞答覆，使顏未縭更加好奇早上在她進教室前，他究竟是怎麼回應別人的疑問。之後透過進一步的對話，她也得知了所謂的「那四個字」，就是指「我喜歡你」。

「聽說問他都不回啊，所以那男的才會那麼生氣。」

放學後，班上的同學很快便走光了，只剩下顏未縭還在教室裡慢吞吞地收拾東西。

在一旁等她的陳梧靜聽了她對今早狀況的疑問，馬上就回答了，這讓顏未縭不禁懷疑陳梧靜是否從別人那裡挖了不少相關八卦，否則怎能如此不假思索。

「是喔？」顏未縭不以爲意地挑挑眉，也大致分享了一下後來她和方寅衍的對話。

聽完，陳梧靜意味深長地看著她，語氣興奮：「他是不是因爲妳英雄救美，所以對妳有意思了？」

「做夢。」顏未縭吐槽，「如果這樣就能收服校草，世界上就不會有單身的人了……咦？」

她邊說邊整理著掛在課桌旁的提袋，卻聽到裡頭的便當盒和某個物體撞擊發出了清脆聲響。她把便當盒拿出來，低頭一探，發現一個水晶吊飾。

「這誰的？」陳梧靜才問出口不到一秒，便自行搶答：「方寅衍偷偷送妳的對吧！」

顏未縭懶得理會她的妄想，撈起吊飾後卻因爲這番話想起了什麼，「啊，好像眞的有可能是方寅衍的。」

早上她接過方寅衍的手機時，似乎碰落了什麼東西，卻怎麼樣都找不到是什麼掉了，原來是這個吊飾。

她向陳梧靜解釋原因，陳梧靜立刻賊兮兮地問：「那妳要拿去還他嗎？」不等顏未縭回應，陳梧靜又暗示性地補充一句：「他好像去一樓川堂練舞了。」

「……妳倒是很了解。」

顏未縭想了想，反正剛好順路，於是她背起了書包、手上拿著吊飾，和陳梧靜一同離開教室。

「這什麼娘娘腔的東西啊？妳確定眞的是方寅衍的吊飾？」

走在路上，顏未縭實在很後悔自己讓陳梧靜拿走了吊飾，因爲陳梧靜打從端詳過之後就碎念個沒完。

「什麼年代了還性別歧視，誰說男生不能用水晶吊飾？」顏未縭反駁，她以爲這麼說可以讓對方消停些，豈料卻使話題的方向更詭異了。

「水晶？這才不是水晶，以這重量和質感來看，頂多是壓克力水鑽吧！妳知道眞正的水晶是什麼樣子嗎……」

陳梧靜壓根不在乎什麼性別歧視不歧視，瞪大了眼睛，兀自一本正經地分析起水晶和水鑽的差別。

不就是個吊飾嗎？顏末縭從陳梧靜手中拿回了水——鑽吊飾，圓形鐵環中央鑲著一枚水滴型透明水鑽，設計挺好看的，只是的確不太像男生會喜歡的款式。

她一邊聽著陳梧靜興致高昂地發表對飾品材質的心得，敷衍地應上幾句，一邊漫步走向方寅衍的練舞處。

在陳梧靜告訴她以前，她便耳聞過方寅衍會在放學後留下來練舞，有時也會在經過學校的川堂時偷瞄幾眼，確認對方是否眞的在那裡。

今天或許是因爲她格外留意，遠遠地，她就聽見節奏感強烈的音樂從川堂傳來，伴隨著幾聲起鬨似的嘻笑。

繞過轉角，一群人的身影映入眼簾，現在大概是他們的休息時間，大多數的人或坐或站地圍成一圈喝水、舒展筋骨，只剩下幾個成員輪流在圓圈中心獨舞。

顏末縭接近的時候，音樂正好換了，方寅衍接替上一個跳完舞的人，走進圈內。

他擺出的姿勢像極了被釘起來的布偶，雙手往兩旁伸直，脖頸則向上仰高，這特別的動作引起了眾人的關注與叫好。

他輕輕律動著身子，偶爾緩緩轉動頭部和手腕，隨著音樂中的喀噠、喀噠聲越來越快，他的動作也從微乎其微的震顫變成了被電擊似的大幅顫動，彷彿有道電流從頭頂竄至他的肩膀、手臂、腰部……直至腳底。

顏未縭沒發覺自己的腳步是何時停住的，也沒意識到自己在方寅衍顫動的頻率達到近乎癲狂時，屏住了呼吸——

一聲爆炸音效響起，清晰的旋律加入了音樂當中，方寅衍全身動作一滯，猛然抬起頭，手一左一右握緊拳，像是抓取了什麼東西，而後手肘向內一轉，雙手收回到胸前。

接著，隨著他邊轉動手腕邊將手臂向下伸去的動作，他的整個身軀宛如海潮波動，膝蓋也隨之慢慢彎曲，在快跪到地上的前一刻，他又玩笑似的一個停頓，彈了起身。

顏未縭在心底發出驚呼，此時，有個觀眾移動了位置，不巧擋住她的視線，於是她反射性地向右邊跨出一步，也沒注意到照理說該站在那邊的陳梧靜不見了。

方寅衍俐落的舞姿、強勁的震點展現，以及偶爾流露的笑意，都使顏未縭看得目不轉睛。

當音樂臨近尾聲，他向前伸直雙手擺出了舉槍的姿勢，並往後傾斜著單腳，邊轉圈邊向周圍所有人做出射擊的動作，末了面朝顏未縭的方向，雙膝跪了下來，將兩隻手臂併在一起，毅然決然地、用力地開了最後一槍。

彷彿眞的被子彈擊中一般，顏未縭遲遲未能回過神，只是怔怔望著方寅衍撇過頭，咬著唇露出一抹自信笑容，瀟灑接受眾人的歡呼和叫好。

那個笑容瞬間令顏未縭的心重重一跳。

要不是她的視野還是被擋住了一部分，她甚至會以爲方寅衍最終是在看著她。

掌聲停歇後，方寅衍站起身，視線越過了擋在他前方的那些人，這回是眞正看向她了。

喔不，她現在站得直挺挺的樣子肯定很可笑。

接收到方寅衍帶著疑問的目光，顏未縭總算驚醒了，她轉頭瞧了瞧自己的右手邊，心想要丟臉至少也得拖個人下水，這才發現陳梧靜早就躲到了轉角處的牆邊，雖然也在偷看方寅衍，至少不像她是站在走廊正中間直勾勾盯著人家瞧。

她用嘴型和眼神向陳梧靜傳達自己的怨懟，陳梧靜卻毫無愧疚之意，還笑嘻嘻地擺了擺手，示意她自己去解決吊飾的事。

她只好深吸一口氣，硬著頭皮轉向了方寅衍，迎著對方疑惑的注視緩步走上前。

「欸，那個女生是誰啊？她站在那裡看你看超久的！」

見素未謀面的顏未縭朝他們走來，方寅衍旁邊的男生推了下他的肩膀，調侃道：

「又不小心用舞姿釣到一個妹了？」

其他男生聞言紛紛跟著大呼小叫，笑著起鬨。

方寅衍是在跳完舞後才看見顏未縞的，聽身旁的人這麼說，他並沒有想太多，只覺得他們誇大其辭罷了。

他不以爲意地抹了把汗，彎腰從地上拿起水壺，旋開瓶蓋喝了口水，沒打算回應。

「她拿著的那個是什麼？不會眞的是迷妹來送禮物吧？」方寅衍旁邊的男生探了探頭，眼尖地望見顏未縞手中的吊飾。

這句話使方寅衍跟著看向她手中，一看清楚那吊飾，他面色一凜，水也不喝了，直接就彎身將水壺丟到地上，隨即掩不住焦急地跑到了自己放書包的位置。

當他從書包裡掏出手機時，顏未縞也正好走到他身旁。見方寅衍如此著急，她頓時更加肯定了自己的猜測。

「這是你的嗎？我在我的便當袋裡找到的，我猜是……」她有些忐忑地說，比起擔心自己弄錯了，她更擔心對方會不會開口就嘲諷她稍早的花痴表現。

沒想到，她才解釋到一半，方寅衍便略顯急躁地從她攤開的掌心中拿走了吊飾。他蹲下來將手機放在膝頭上，想將吊飾繫上去，完全沒了平時的淡然模樣。

顏未縞嚇了一跳，迅速收回手，腳下也不由自主地後退半步。

意識到自己的失態，方寅衍抬頭瞄了她一眼，輕聲道歉：「抱歉。」

他依然蹲在那裡，手裡忙著繫好吊飾，不知爲何，此刻他清冷的嗓音聽在顏未縞耳裡有些遙遠。

「是很重要的東西嗎？別人送給你的？」由於對方把注意力全都放在了吊飾上，沒打算繼續搭理她，她只好主動詢問。

「……對，謝謝妳。」

總算把吊飾掛了回去，方寅衍正欲起身，顏未縭又突然冒出一句話。

「那你怎麼會一整天都沒發現吊飾不見了？」她皺了皺眉，直覺地猜想：「你不會從早上以後就沒拿出手機過了吧？」

方寅衍站了起來，態度恢復成一如往常的若無其事，淡淡地回答：「大概是吧？」

顏未縭平靜地點點頭，發現自己完全不意外。

東西還了，對方似乎也無意探究她剛才迷妹般的行爲，這讓她總算放下了心中的大石。

她重新調整書包的背帶，在雙方都打算轉身離開的時候，她卻又管不住自己的嘴了。

「對了，你跳舞很好看。」語畢，她後悔得只差沒賞自己一巴掌。

她怎麼又不小心讓眞心話脫口而出了呢？

「嗯。」豈知，方寅衍毫不訝異，大方地應下了她的稱讚。

「嗯？」這是他也認爲自己跳舞很好看的意思嗎？顏未縭心想，隨即趕緊打消追問的念頭，有些窘迫地撇過頭，「拜拜。」

「拜。」說完，方寅衍走回熱舞社其他成員所在的地方，顏未縭則是小跑步離開了。

「她就是我之前說過的，我們班那個很嗆的女生啦。」

一走近大家，方寅衍就聽到郝靳軒正滔滔不絕說著顏未縭今早的事蹟，聽著聽著，當時的場景跟著在腦海浮現，他不禁抿嘴一笑。

「欸！他笑了耶！他第一次聽到女生的事情會笑耶！」見好友露出笑意，郝靳軒有如看到天下紅雨，大聲嚷嚷起來，不過很快就被方寅衍打了一下。

「噢！你是在害羞嗎？」

「唉唷——」

「解釋一下啊！」

在郝靳軒的起鬨下，眾人跟著鬧了起來，氣氛熱烈異常。

「不是，她只是來還我東西……」

「喔？你借什麼東西給人家？你們很要好？」

方寅衍發現不管自己怎麼澄清，都會有人故意曲解，於是乾脆再次拿起了水壺喝水，任由大家編故事。

聽眾人自顧自地加油添醋，他驀地想起顏未縭方才對他的評價。

他跳舞很好看嗎？

他緩緩停下手上的動作，想到據說顏未縭看他跳舞看得頗入迷，她卻一副稱讚得漫不經心的樣子，嘴角不小心又勾了起來。

隔天一早，也不知是因爲昨天練舞練得太晚，還是因爲吊飾不見讓他分神想起了往事，方寅衍難得遲到了。

他有些匆忙地推開教室門，映入眼簾的是班上同學討論得鬧哄哄的景象，顏未縭語帶不滿的發言隨即傳入耳中。

「爲什麼是美宣公關組？美宣就美宣、公關就公關不行嗎？」

「這兩項工作的性質本來就有點接近，我這是爲了你們好！如果有人擺爛不幫忙畫海報，校慶當天就把他踢去招攬客人啊！兩個組別併在一起才能充分運用人力好不好？」

「屁！連海報都不想畫的人會乖乖去招攬客人？」

「不然妳想當什麼嘛！」

「公關組組長！公關就好！」

進門後，方寅衍非常難得的沒受到同學們的注目禮，反倒是他先目睹了一場顏未縭和班長爭到臉紅脖子粗的鬧劇，看來是在討論校慶園遊會籌備的分工。

昨晚郝斬軒一股腦地將顏未縭的資訊統統灌輸給了他，不斷強調對方的好人緣和熱心，說得他完全不曉得這號人物是一項罪過似的。

但如果顏未縭眞的那麼熱心，怎麼會對擔任公關美宣組的組長有意見？

他從後門悄悄走到她身旁的座位，放下書包後抬頭瞄向黑板上的分工表，發現她和他的座號一起被寫在美宣公關組的組長欄位。

由於昨天被郝斬軒指責到心虛，他打算今後要好好關心班上事務，卻沒想到機會來得那麼快。

「可是……」班長楊榮遠和顏未縭吵到最後，其實已經有點無力了，差點就想直接告訴顏未縭自己選她當組長的目的。結果當他走下講臺想坦白時，另一位當事人卻突然走進教室，他只好調頭返回臺上，不安地瞄了眼黑板上早已寫好的分工表。

對於誰既能夠負責公關、又適合擔任美宣，大家心中都有個明確的人選，那就是方寅衍。

他不僅外表帥、人氣高，美術方面的天分也不錯，只是有個明顯的問題——方寅衍顯然並不想和別人打交道。

楊榮遠之所以敢在方寅衍不在場的情況下，安排對方擔任組長，其實是陳梧靜出的主意。原本讓顏未縭當公關組組長，再安排其他人當美宣組組長就行了，但是陳梧靜把顏未縭和方寅衍的合拍講得天花亂墜，讓楊榮遠忍不住想賭賭看。畢竟放著這樣一個人才不用，實在是太可惜了。

見方寅衍瞟向了黑板上寫的座號，楊榮遠直冒冷汗，暗自祈禱著這位校草別不留情面地拒絕。

「不是，我就不會畫畫，你硬要把我併進美宣組，問我想做什麼工作，得到答案後卻又不把公關組和美宣組拆開。最重要的是……」方寅衍爲什麼也被安排當組長！你們問過他嗎？不要最後變成我得向他解釋啊！

顏未縭一手叉腰，只差沒指著楊榮遠的鼻子罵，正當她準備把後面那段話怒吼出來時，場面驀地安靜了下來，同時她也察覺到身側的動靜。

她轉過頭，撞進視線裡的是一手撐著桌面、一手搭著椅背上方，直直盯著她的方寅衍。

兩人四目相接，不待張嘴愣住的她說些什麼，方寅衍率先開口了：「最重要的是什麼？」

他總覺得這句話的下文和他有關。

他的嗓音迴盪在陷入靜默的教室裡，語氣淡然，全班同學卻都以爲這是他發怒的前兆。

「呃……」唯一不覺得這是暴風雨前的寧靜的，就只有顏未縞了，她認爲方寅衍是很認眞地在問她，眼珠子轉了一圈，發覺編不出什麼謊言，於是她乾脆誠實回答：「最重要的是你的意願……」

聽到她如此直白地徵詢意見，班上多數人都屏住了呼吸。方寅衍的回答完全可以左右他們班園遊會的業績生死啊！

「我的意願？」方寅衍稍稍加重壓著桌子的力道，朝她湊近了一點，反問：「所以如果我同意，妳就願意當美宣公關組組長？」

他有些玩味似的講出那串冗長的頭銜，看著她認眞思索。

「差不多吧？」顏未縞皺了皺眉。如果方寅衍能夠一起分擔工作，那她當然就沒問題了，畢竟美宣的部分可以交給他。

「那就合作愉快吧。」方寅衍往後坐回座位上，低頭探向抽屜，假裝沒注意到班長和同學們那欣喜若狂的浮誇神情。

所有人都歡欣鼓舞，只有顏未縞還一臉茫然地站著，完全無法理解發生了什麼事。

「合作愉快」，所以他這是答應了？

其實這句話沒什麼難理解的，但顏未緰的腦袋卻是一片空白。她呆呆地環顧彼此擊掌、握拳歡呼的同學們，又轉向站在講臺上、顯然和她一樣不可置信的班長，兩人相互比劃了一下表達自己的不解之後，顏未緰便有如夢遊般緩緩坐下了。

她做出這一連串的舉動時，壓根沒想到方寅衍就坐在她旁邊，也沒想到這反應其實挺失禮的，簡直明擺著告訴方寅衍他先前有多不合群，雖然同學們如此激動也傳遞出了同樣的訊息就是。

好在方寅衍本人不以爲意，倒是反省起自己究竟對班級事務有多不關心，弄得形象這麼不堪，如今只是同意擔任一個職位，大家居然就高興成這樣。

「各位！繼續討論！」顏未緰坐下後，楊榮遠也回過神來，雖然他恨不得跳起來歡呼一聲，不過仍是提高了音量喚回眾人的注意力，「我們還沒討論園遊會要賣什麼東西啊！」

「叫方寅衍賣臉賣肉賣屁股啦！」郝靳軒仗著和方寅衍坐得遠，不怕死地扯開嗓門大喊，喊完還故意撇過頭不看方寅衍黑掉的臉色。

此話一出，全班哄堂大笑，頓時一個個都大著膽子開始發揮創意。

「賣他寫過的考卷算了，分數越高價碼越貴！上面還附贈作答筆跡！」

「叫方寅衍跳舞吧，看一次付十元，三公尺內近距離觀賞一百元，拉到小房間裡一對一跳舞一千元！」

「園遊會結束前一個小時直接拍賣他好了啦！坐地起價！」

顏未縭一邊聽著，一邊瞥了眼逐漸冷下臉的方寅衍，然後側身將手搭上他的肩膀，極力忍住自己的笑意。

其實她是打算講些什麼來安撫他的，可在方寅衍轉頭過來的這瞬間，她想到了郝靳軒說的話，終究還是忍不住爆笑出聲。

原本聽到大家嘲弄似的提議，方寅衍頓時又想放棄和這群自以爲幽默的同學交好了，不過見顏未縭搭著他的肩，還沒說話就先笑出了聲，微慍的情緒便被無奈又好笑的心情掩蓋了。

「等、等等……」顏未縭斷斷續續地努力擠出話語，她彎下腰深吸了一口氣，才直起身很沒有說服力地道：「你不用太介意啦，我們不是在笑你，只是有點……玩開了？你不要因此拒絕參與喔！」

「我看起來像是那麼開不起玩笑的人嗎？」方寅衍嘴上答得若無其事，眼神卻銳利地瞪向不小心瞧過來的郝靳軒。

其實滿像的。

顏未縭也留意到了他的目光去向，即便曉得他們是死黨，她仍是不由自主地替郝靳軒捏了一把冷汗。

「那你會想要賣什麼？」楊榮遠已經開始管理秩序，將討論導回了正題，於是顏未緲好奇地問起方寅衍的想法。

她的眼睛直直瞅著他，一手托腮，一手閒散地擱在桌上。

方寅衍那向斜側邊梳起的劉海下，是一雙放柔了視線可以顯得很無辜、瞇起來又電力十足的眼睛，再往下，那張薄唇無論勾起與否都讓人著迷……

顏未緲近距離地欣賞著校草的容貌，心中不禁再次升起「他長得眞好看」這個感嘆，腦子也自動回放起他帥氣的舞姿。

「問我？」說實話，方寅衍一時眞沒有什麼好點子，他蹙眉思索起了各種可能的選擇。

賣食物，還是設計遊戲讓大家同樂？如果要賣食物的話，最好是可以提前準備的，雖然必須預先做多少數量不容易拿捏，可是現場製作更容易出差錯，或是忙不過來。

他瞧了瞧自己剛拿出來的早餐，是檸檬造型的檸檬蛋糕。

「甜點？」他話才剛出口，顏未緲馬上舉手大聲說道：「方寅衍提議甜點！」

她毫不扭捏地幫忙表達意見，方寅衍也不知該如何反應，便默許了她的行爲。

「好像可行，像布丁之類的也不難做，還是有人會做蛋糕？」

「我還可以啦，只是不保證好吃就是了……」

「那就練習到保證好吃啊！」

大家你一言我一語地認眞討論起這個提議，討論到後面越來越有信心、越來越有想法，因此園遊會攤位預計販售的商品就這麼拍板定案。

Chapter 2 不要已讀我好嗎？

「所以，你到底爲什麼要把我跟他分在同一組？」

這天晚上，白天始終找不到機會逼問的顏未縭傳了訊息給楊榮遠，過沒多久，楊榮遠就老實招出了他和陳梧靜當時打的主意。

「其實是陳梧靜跟我說，你們關係還不錯，比起叫方寅衍一個人擔任組長，跟妳一起合作他可能比較樂意……所以我們才把美宣組和公關組併在一起，除了讓他有發揮的空間，也是藉此才有理由一次排兩個組長。」

利用別人總歸不是什麼好事，當看到顏未縭已讀他的回訊時，楊榮遠忍不住不安起來。

其實他也不是怕她……好吧，他潛意識裡可能有點怕她那直來直往的脾氣，但至少她是講理的吧？

螢幕另一端的顏未縭看了他的解釋，雖然早有預料，心頭還是不禁燃起了怒意。

「你們眞的死沒良心欸！都沒想過如果他……」

雖然在這件事情上她也沒吃什麼虧，被蒙在鼓裡的感覺還是不怎麼舒坦。顏未縭劈里啪啦地輸入了一串罵人的字句，這時楊榮遠迅速傳來一則滅火意圖非常明顯的訊息：

「不過我們的想法沒錯不是嗎？方寅衍因爲妳而答應了。」

顏未緲雙手握著手機，原本在螢幕上飛快移動的拇指慢了下來，停頓片刻，她的右手拇指不情願地移到了右下角的刪除鍵。

「你們眞的死沒良心欸。」

見這次的回應變成以句號結尾，楊榮遠就明白顏未緲這是妥協了。他趕緊打蛇隨棍上：「抱歉，下次會先通知妳啦！」

顏未緲不以爲然地撇撇嘴，還是嗆了一句：「但你們又知道是因爲我了？是問過他是不是？」

她不覺得自己對方寅衍的影響力有那麼大，說不定只是人家正巧心情好。

「妳好奇就自己去問問啊。」

楊榮遠很沒膽地把問題拋回給顏未緲，而她沒好氣地回了個「想得美」的貼圖。至此，對楊榮遠而言事情就這麼告一段落了，對顏未緲來說卻不是這麼一回事。

雖然嘴上說不想去問方寅衍爲何答應擔任組長，可顏未緲當然是好奇的。她切換至好友列表，點入方寅衍的個人主頁，只見頭像是方寅衍一手搭著鴨舌帽帽緣的背光剪影。沒有考慮太久，她果斷地按下「聊天」的選項，手起刀落地傳送訊息給他：

「嗨！」

擔心只有文字會尷尬，她再傳了個貓咪貼圖給他，補上一句：「你會不會覺得他們要你當組長很突然？」

她盡量選了一個自認有延續性的話題作爲起手式，反正對方要麼是禮貌地回「不會」、要麼是毫不留情地回「會」，接著她就可以問「那你爲什麼會答應」了。

雖然方寅衍不見得會說實話，但至少能得到他給予的官方答案，好應付大家的八卦心態。

顏未縭打著這樣的如意算盤，然而方寅衍始終沒有讀取訊息。

隔天，直到發現對方走進教室、一如既往地坐到了她隔壁的座位，且行爲舉止一切如常後，她才再次認知到似乎不能按常理來預想他的反應。

「你怎麼不回我訊息？」她嘆了口氣，拿出剛巧震動了一下的手機，讀起別人傳給她的訊息。

「妳有傳訊息給我？」方寅衍略顯訝異地挑起一邊眉毛，也拿出手機查看。

顏未縭忙著回訊息，本來沒打算抬頭，眼角餘光卻瞥見了她那天送還給方寅衍的吊飾。

「那個吊飾是誰送給你的？」她終究沒憋住，試探著詢問。

「……一個重要的人。」低頭點開LINE的方寅衍將目光移向自己手機上掛的吊飾，手指緊了緊。

她沒再追問下去，既然不是父母或朋友，而是「重要的人」，想必不是個可以輕易說出口的對象，多半還是個女的。想到方寅衍其實有重要的女性朋友，甚至是女朋友，她便沉默了，心裡不禁有點在意。

兩人都沉默了一會，確認著LINE收到的訊息，好半晌，方寅衍才吶吶開口。

「我沒開通知，抱歉。」語畢，顏未縭隨即收到他的回訊，內容顯示：「還好。」

「沒關係啦，不過你爲什麼沒開通知？」她疑惑地問，邊回覆邊偷偷瞄了他的手機畫面一眼，見到他正在設定頁面開啟提醒功能，這才曉得對方是關了整個應用程式的通知。

「不想要有訊息跳出來，所以就關了，反正平常也只拿來跟家人聯絡而已，其他會跳出來的都是垃圾訊息。」包括郝靳軒和熱舞社群組的廢話。

在回答她的問題時，他的手機螢幕上冒出了她幾秒前回的訊息：「那你爲什麼會答應當組長？」

他下意識轉過頭看了顏未縭一眼，發現才不過幾秒，對方的手機畫面便不在彼此的聊天室了。

「只拿來跟家人聯絡用？我當初不是問你平常有在用什麼通訊軟體嗎？我以爲你讓我加LINE好友，就是你比較常用LINE的意思。」

顏未縭嘴上說著話，還一心二用地在問完這個問題前回了另一人訊息，接著手指按下主頁鍵跳到IG的畫面，整串動作行雲流水，顯得十分熟練。

方寅衍瞅著她不怎麼專心的樣子，突然升起了一個念頭。

這種念頭不常出現，通常一出現也會被他很快拂去，但這時他卻鬼使神差地決定付諸實行。

「我以爲妳問的只是我有在用什麼通訊軟體而已。」他假裝漫不經心地說，手指一敲，像完成了什麼任務似的，好整以暇地撐著頭面向她。

顏未縭聞言點點頭，覺得這說詞倒也合理，想不到視線一移，她的心緒頓時被他傳來的訊息攪亂了。

「因爲妳。」

這三個字彈出的瞬間，顏未縭整個腦袋都當機了，心臟卻越跳越快。

他願意擔任組長眞的是因爲她？可是爲什麼？

慌亂之下，她的動作不自然了起來，她不自覺地吞了一口口水，將手機螢幕朝下放到了桌面上，欲蓋彌彰。即便明知坐在隔壁的方寅衍可能正看著自己，她還是不敢望向方寅衍，也不敢再讀一次那則訊息。

她怕轉過頭會見到他的平淡如水，那樣會更顯她太過失態。

瞧著她失措的舉止，方寅衍嘴角噙著笑容，悠悠開口：「郝靳軒昨天狠狠唸了我一頓，說我都沒在關心班上，因爲我說在妳幫我說話之前，我對妳沒什麼印象。所以我打算從當組長開始，幫大家做一些事。」

顏未縭不會承認，聽完他的解釋後，她除了鬆了一口氣，還有些失落。

「這樣啊。」她放鬆下來，轉過去發現方寅衍臉上帶著若有似無的笑意，這才意識到自己被耍了，頓時氣呼呼地抬手用力拍向他的背。

在這之後，他們沒有再互相傳訊，聊天室的對話便停在了「因爲妳」這則訊息。這使得顏未縭每次打開LINE看到聊天列表，都會不由自主地動作一頓，而後她就索性把方寅衍的聊天室隱藏了。

等下次要聯繫時，她才去好友名單把方寅衍找了出來，再次瞧見那三個字，她除了心跳加速，卻也想起了他那閃動著的水鑽吊飾。

重要的人嗎？除了「不要跟我告白」這句話，他身上好像又多了一個新的謎團。

她甩甩頭，傳了訊息給他，本以爲他開啟了訊息通知，讀訊息的速度應該會快一些，結果並沒有。

他大概每隔一小時才會回應一次，因此顏未縭猜想他是一個小時讀一次訊息，然而某次她打開聊天室時，卻發現方寅衍早就已讀了，只是遲遲沒回。

她額上的青筋跳了跳，有點火大。這傢伙真的對網路社交禮儀很沒概念，不要已讀她好嗎！

雖然也沒規定已讀了就要回覆，但既然都看了訊息，爲什麼一定要等到某個時間點才回？

顏未縭大嘆一口氣，方寅衍已經榮登她心中的「難聊王」，這個難聊不是指很難聊得開，而是指技術層面上的難以聊到天。幸好至少在討論園遊會的人力分配和一些緊急事項時，他會回得比較快。

說到人力分配，雖然方寅衍之前不曾協助過班級事務，對此倒是頗得心應手。兩人成爲組長後，不久他便用LINE將分工名單傳給了她，並說明這麼規劃的理由，她看得頻頻點頭，毫無異議，於是隔天他們就開工了。

雖然距離園遊會到來還有一個月，不過在他們決定販賣甜點後，設備組的急迫性就不用說了，烘焙組更是傷透腦筋，不斷思考著要如何才能將烹調方式標準化，以控制甜點的品質。

先前他們一致決定品項以烤布丁、蛋糕和冰品爲主，但由於數量不好拿捏，負責備料的人員同樣萬分苦惱，不曉得在能賺到錢的前提下，該準備多少才足夠。總之在困難重重的情況下，時間稱不上充裕，而美宣公關組也必須趕緊開始討論美宣的風格走向，以及攤位名稱。

目前公關方面還沒有需要執行的工作，因此所有人先一起協助美宣的部分，待海報和各項文宣完成，時間也差不多到了園遊會前夕，屆時才是顏未緺的主場——她不會承認，其實楊榮遠這充分運用人力的構想還挺有先見之明的。

依照方寅衍的分配，傳單和菜單的設計託付給了一位美術特別好的同學，讓對方所帶領的小組包辦；攤位的小裝飾與商品取名，便交給沒那麼擅長繪畫的同學；方寅衍自己和顏未緺與其他幾個同學，則負責繪製攤位上尺寸最大的形象海報。

顏未緺的美術沒有糟到只能幫忙取名，但也沒有好到能獨立完成傳單，於是最後她的任務就是寫海報上的文字了。

幾日後的放學，班上將近一半的人都留下來製作海報，其中包括不少非美宣組的同學。他們留下來只是爲了有個正當理由可以逃避補習，壓根不打算出力，顏未緺喊了幾次都叫不動人，乾脆就放棄管那些同學了，反正他們不要太吵鬧就行。

所有製作上需要的材料皆已買足，直接就可以開始進行海報的設計和繪製。他們將八張課桌併成一組，擺在教室中央，大家圍在桌邊畫著傳單和菜單的邊框、插圖，畫完後再交由一位同學拿去影印。

由於顏未緺是要幫忙寫海報上的藝術字，此時還用不到她，於是她略感心虛地拉開了椅子，趴在方寅衍旁邊瞧著他蹙眉修改形象海報的設計。

他們主打的是帶點少女氣息的歐式咖啡廳風格，方寅衍設計的海報圖預計以淺粉色爲底、金色爲花邊，畫面中間以可愛的小圖案圍繞起深粉色的攤位名稱，最上方寫上「高一信」三個字，攤位名稱底下則是文案。

顏未緺認爲整體設計已經夠專業又完美了，也不知道方寅衍爲何還在糾結。

「已經很好了啦，不用再修了。」她坐起身，阻止他再次拿鉛筆準備加上些什麼。

他抬眸看她，又低頭思索了一會才把鉛筆放下，將設計圖推到她交疊的手臂前。

「妳會不會覺得缺了點什麼東西？例如……背景可以再點綴一些甜點的小圖案之類的？」

「不會，這樣就很好看了。」顏未緺認眞地盯著設計圖幾秒後，一口否決。

「好，那就這樣吧。」方寅衍聳聳肩，接著挺直腰桿叫住剛巧經過的傳單組小組長，告知他海報設計完了，對方聞言從櫃子裡撈了卷粉色書面紙給他。

「妳先把攤位名稱寫上去。」方寅衍把海報在桌上攤開，用鉛筆俐落地圈出一個近乎完美的圓形範圍，指著桌上的深粉色金屬筆一派輕鬆地要顏未緺動作。

「……嗄？」指示來得太突然，顏未緺徹底傻住了，「等等，你好歹給我一點練習的時間吧！」

「嗯，那妳開始練習吧。」方寅衍輕哼一聲，仿效她稍早的行徑趴了下來，旁觀她順手拿起他剛才用過的鉛筆，在設計圖背面認眞練起了藝術字。

見顏未縭滿臉苦惱地抖著手練字，方寅衍看著看著就笑了出來。

顏未縭才寫沒幾個英文字母，就聽到旁邊傳來悶悶的笑聲，她下意識扭頭瞅向聲音來源，方寅衍那下巴抵著手臂、嘴角噙笑仰望她的畫面頓時映入眼簾，讓她的手狠狠一抖，把「t」的最後一劃拉成了長長一筆。

等等，這個仰角也太犯規了！她臉上的溫度直線上升，耳根和雙頰都熱了起來。

「不要看我啦！」她強裝鎮定地怒嗔，方寅衍卻不當一回事，眼裡的笑意越來越濃，似乎是覺得捉弄她很有趣。

她只好收回視線，強迫自己專注在筆下，而不是他清亮的眼眸。但無論她再怎麼想集中精神，腦海裡都會浮現方寅衍的聲音和笑顏。

「To eat or not to eat, that’s not a question——that’s an invitation, girl.（妳要吃還是不吃呢？這不是一個問句——這是一個邀約，女孩。）」

耳邊彷彿響起了方寅衍帶笑的低喃，他誘惑似的朝她伸出了手——

顏未縭感覺自己的臉又慢慢發燙了。

她怎麼會光是這樣想像就臉紅？虧這句臺詞還是她的主意！

顏未縭惱羞成怒，沒來由地又瞪了方寅衍一眼，令他摸不著頭緒地皺了皺眉，撐起身打量了下她的練習狀況。

「怎麼了嗎？」他低低的語調恰好和她腦中的遐想重合，顏未縭用力搖了搖頭，一方面是回應他的關心，一方面是想驅逐那些綺思妄念。

可她突然發覺，自己眞的有點想聽方寅衍對她說出那句臺詞，也有一點……想要牽牽看他的手。

方寅衍又趴了回去，而其他幾個組員走過來，想確認有沒有什麼能幫忙的。見狀，方寅衍順勢向他們說明了形象海報的設計構思，並請他們先著手把花邊的草稿謄到海報上頭，等顏未縭練習好藝術字再將攤位名寫上去。

她側過頭，筆尖也停了下來，出神地注視著他指揮若定的姿態。

沒有花費太多時間，形象海報便製作完畢，畢竟是簡約風的設計，需要費工夫繪製的地方並不多。而美宣組的其他工作也進展得比想像中順利，所有事務在園遊會前一週就穩穩當當地完成了。

「美宣公關組！」

「幹麼？」

一抬頭，顏未縭便看到楊榮遠朝他們跑來，雖然他喊的是整個組，她依然很自覺地率先回應，擱下了手中的領帶向他走去。

他們正在分配園遊會擺攤時要穿的服裝，服裝分成兩種，一種是簡單以黑領帶搭配制服白襯衫，一種是除了穿制服襯衫，還要戴黑色三角頭巾，並繫上黑色圍裙。這些全都由家裡開甜點店的烘焙組組長周子雲提供。

原本只要選完服裝就能回家了，結果大家卻為此爭吵不休，男生們都不想穿圍裙，女生們也興致缺缺，於是所有人都搶起了領帶。

顏未縭倒是無所謂，但為求換裝方便，她也硬是從人群間伸手進去，抽出了一條領帶。

「聽說學生會申請了一個用來宣傳園遊會注意事項的IG帳號！」楊榮遠神情慌張，指了指自己手裡的手機，畫面上正是IG頁面。顏未縭滿不在乎地回應：「我知道。」

學校裡幾乎有一半的人都追蹤了那個帳號，她怎麼可能不知道？

「那妳知道後天中午以前交出攤位宣傳影片的話，他們就會幫忙發布嗎？」見顏未縭一副胸有成竹的樣子，楊榮遠稍稍放鬆下來，語氣也變得輕快了些。

「……什麼？」

顏未縭一把搶過他的手機，點開了頁面上的最新貼文，發現這件事居然是在貼文末尾才提到，而且那則貼文的配圖是校慶當天開放的廁所位置圖。

她忍不住罵了聲髒話：「靠，他們做事都沒用腦嗎！」

重要消息怎麼會放在貼文內容的最後？還配上這種讓人一看就想跳過的圖！

「我以爲妳會看到。」楊榮遠無奈地任憑自己的手機被她在掌心敲來敲去，「那妳要拍嗎？」

「這種機會當然要把握！學校一半的人都會看到耶！」她士氣高昂地說，不過隨即洩了氣，「但是……這麼點時間我們根本做不出什麼高質感的宣傳片啊，我想想，全班一起大喊口號什麼的感覺也好遜喔……」

她苦惱地看著學生會要求的影片規格，長度不超過一分鐘，除了淫穢粗俗以外的呈現方式都可以……

她把手機還給楊榮遠，正想去向還暴動著在搶領帶的同學們徵求意見時，方寅衍湊到了她身邊，「怎麼了嗎？」

剛才他也有聽到楊榮遠在喊美宣公關組，只是顏未縭先過去了，他便等自己也搶到一條領帶後，才過來了解情況。

「班長剛剛說有個可以宣傳攤位的大好機會，可是要在這兩天拍好一支不超過一分鐘的宣傳影片，你有什麼好主……」最後一個字還沒說出來，顏未縭轉頭瞧見方寅衍手上拿著領帶，一個大膽的想法頓時浮上了心頭——

「這個構想超棒的，支持支持！」

「真的要賣臉了嗎！」

「方寅衍居然答應了？難道是轉性了？」

大家圍成一圈聽顏未縭講述宣傳片概念，聽完幾乎是一面倒的好評，女生們難掩興奮地彼此竊竊私語，男生們則互相推搡著嘖嘖稱奇，所有人都相當訝異方寅衍願意配合。

「靠！顏未縭妳眞他媽鬼才，我好興奮啊！」最激動的大概非陳梧靜莫屬，她先是猛拍顏未縭的背，又抓著顏未縭的肩不停搖晃，全身心展現出她身爲方寅衍的迷妹有多麼亢奮，毫不在乎被她意淫的對象就站在一旁。

「不要這麼誇張好不好。」顏未縭笑著拍掉陳梧靜的手，她的背部被打得隱隱作痛，不過眼下她沒心思計較這件事。

她的腦海中浮現稍早和方寅衍交涉的過程，一想到自己前幾日的幻想或許可以名正言順地實現，她便情不自禁地脫口說出了宣傳片的構思，雖然其實隱隱有點心虛。

而聽完她所敘述的動作和情境，方寅衍皺起了眉，思索半晌後，還是未能完全消化。

「妳是說這樣嗎？」他往後退了半步，顏未縭不明所以，只見他跨步重新靠近她，掌心朝上把手伸了過來，輕輕執起她的手，躬身將之拉近唇邊後，抬眸望向了她。

一觸及他的眼神，顏未縭像是被電到似的立刻抽回手，慌忙拉開兩人之間的距離。

好在其他人尚未結束搶服裝大戰，一個個你拉我扯的，沒有人注意到他倆曖昧的互動。

「對、對，對對對！差、差不多！」她被嚇到了，也不知道是因爲驚嚇而結巴，還是想藉此來表達自己夢想成眞的激動。

沒料到她的反應會如此之大，方寅衍怔了怔，過了幾秒才淺淺笑了起來。

他怎麼會不曉得她掖著什麼心思？他不是第一次被別人拜託這種事了，先前熱舞社的學長姊也曾要他幫忙拍宣傳影片，但他冷著臉拒絕了。國中時他甚至被不認識的高中部學姊叫住過，問他能不能擔任畢業歌MV的男主角，而他當時連話都沒說，就甩開對方走掉。

對於這類請託，他多半會感到厭惡，然而當看著顏未縭有點不好意思的模樣、她那雙亮晶晶的大眼，還有被自己的舉動嚇著的反應時——

很奇異的，他的心裡沒有升起半點反感，甚至還覺得挺有趣的。

顏未縭抹了一把自己想必已經紅了的臉蛋，指尖彷彿殘留著方寅衍手指的觸感，和他吐息的餘溫，這份溫度宛如傳遞到了臉龐上，令她的雙頰越燒越燙。

他什麼時候這麼行動派了……過分！

她隱隱約約察覺，方寅衍似乎挺喜歡捉弄人的。

而瞧著顏未縭發窘的神情，方寅衍聽見自己應下了她的請託。

在顏未縭的構想中，被方寅衍行吻手禮的那一方不需要露臉，以免失焦。眾人為了究竟誰能擔任那幸運的「手模」爭吵了好一陣，直到開拍之際，郝靳軒硬是獨排眾議擠到人群最前方，舉高手自行宣布當選。

方寅衍冷眼瞟著他，郝靳軒被瞪得冷汗涔涔。他明明是在幫自家兄弟擺脫桃花債啊！

顏未縭看著他倆之間的暗潮洶湧，頗感好笑。身為發想人的她理所當然成為掌鏡者，她向一位同學借了據說拍攝畫質極高的手機，對方竟然還順便給了她防手震支架，她實在搞不懂為什麼有人會帶這種東西來學校，雖然是幫大忙了。

她招了招手，要方寅衍站在教室裡的一面白牆前準備，他依言走過去後，鬆了鬆勒得有些緊的黑色領帶，面對著班上的同學們，神情僵硬。

所有人都擠在鏡頭外，屏氣凝神不敢出聲，臉上的表情卻非常精彩，有的古怪、有的迫不及待，有人還故意做鬼臉想擾亂方寅衍。

被那麼多人緊盯著，方寅衍半點笑容都擠不出來，全然沒了對著顏未縭演練時的泰然自若。

「三、二……」不等顏未縭倒數完，方寅衍不耐煩地捋了捋頭髮，長吁一口氣，「一定要那麼多人在旁邊看嗎？」

隱隱有些躁動的同學們頓時安靜下來，他們都能明白方寅衍的不自在，但又很想看看錄製的情景，於是眾人紛紛將視線轉向明顯才是他問話對象的顏未縭，等待她的回應。

她放下手機環顧大家，十分理解他們此刻的矛盾心態。換成是她，肯定也想親眼看方寅衍撩妹的畫面啊！可是對方都提出抗議了，她還能怎樣？

「我……」

「還是我們先去外面拍，拍完之後第一個給你們看？」

顏未縭絞盡腦汁地想講些什麼打圓場，結果反而是方寅衍再次開口了。他稍微放軟了語氣，勸哄似的徵詢大家。

在場的人全都傻住了，這還是那個向來冷漠的方寅衍嗎？

「喔，也是可以啦……」

「可、可以啊……」

不知是誰先主動退開，不過一會，所有人便一個個返回了自己原本的崗位。

「那我們去外面拍嘍？」對於方寅衍突然的低姿態，顏未縭也感到相當費解，不過總歸是替她解圍了。她朝窗外示意，方寅衍點點頭，率先邁步，郝靳軒則滿心不可思議地呆了幾秒，才連忙跟上去。

走出同學們的視線後，方寅衍輕吐了口氣。

他其實也不太明白自己爲什麼要放軟態度，只是見顏未縭被大家的視線堵得爲難不已，便不加思索出了聲。沒想到這麼做效果還挺好的，原來自己稍微讓步就能哄得人服服貼貼，那似乎也不是什麼壞事？

這樣的處事手段，或許也是透過這些日子觀察顏未縭學來的。

事實上，關於美宣組的工作，並不是沒有人質疑過他的分配，但顏未縭總能以幾句討饒似的安撫打發掉對方的不滿。雖然她會怒吼著叫人做事，卻也不忘補上幾句玩笑似的告誡，既不讓自己因爲動怒而顯得失了從容，卻也不讓對方以爲可以打馬虎眼。

這一切他都看在眼裡。

只不過，顏未縭似乎從不是有意爲之，而是自然而然便展現出這份圓融。

他下意識地不斷往前走，直到抵達走廊最底端的角落才打住，轉過頭看向跟在他身後的兩人。

「準備好了嗎？」見顏未縭晃了晃手中已裝上手機的防震支架，方寅衍把頭扭向另一側，盯著郝靳軒冷聲說：「他滾我就好。」

「阿衍！你忍心？我是你要牽的手欸……」郝靳軒一副大受打擊的樣子摀住胸

口，話還沒說完，他就意識到了這句話的涵義──
方寅衍打算執起的，並不是他的手。
顏末縭也很快察覺了方寅衍話中的意思，微怔著注視面色未變的他。
不待方寅衍再說話，郝靳軒一臉意味深長伸直了雙手，宛如要把兩人推開似的，邊後退邊促狹地說：「哎呀！我怎麼突然想上廁所？大概會上個十幾分鐘吧，這樣就不能當你的手模了呢！那我先走了！」
語畢，他轉身就跑，在經過班上教室時還不忘壓低身子，以免被同學們注意到。
在郝靳軒演了這麼一齣蹩腳的戲後，走廊盡頭就只剩下方寅衍和顏末縭了。
方寅衍稍稍活動了下筋骨，神態明顯轉為放鬆，顏末縭卻不然。
方、方寅衍為什麼堅持要由她來？是因為覺得牽郝靳軒的手很彆扭嗎？這傢伙到底在想什麼啦！
「好了嗎？」見她還愣在原地，方寅衍主動問道。剛剛在教室裡她才問過同樣的話，如今兩人的立場卻顛倒了過來。
一想到宣傳影片會被放在網路上讓全校同學觀看，方寅衍不免有些後悔自己答應得太快，但既然都答應了，就要做到最好。
「……好了。」顏末縭抿抿唇，定了定神，仍不禁想起先前演練時，方寅衍距離自己的手指不到一公分的唇，以及他的吐息所激起的電流，待會又要經歷一次了……

她拆下左腕上的手錶，塞進口袋，並以右手舉起支架，再次倒數：「三、二、一！」

顏未縭按下螢幕上的錄影鍵，目光緊緊鎖定畫面中的方寅衍。

陽光從走廊右側的欄杆外灑入，不偏不倚地照亮了他，添增了些許燦爛。他斜斜倚在白牆邊，視線原本垂向地上，過了幾秒才慢慢抬起來，彷彿帶著電力的雙眸注視著鏡頭，偏頭慵懶地望著她。

「To eat or not to eat......」他用朗誦詩詞般的優美語調說出臺詞，靠近了幾步，動作不疾不徐，卻讓顏未縭的呼吸越來越急促，「That's not a question——」

講到這裡，他停下步伐，眼神含著笑意伸出了手。

顏未縭手背朝上微顫地遞出左手，讓自己的手指被納入鏡頭內。他勾住她的指尖，將其扣入掌心，深深凝視著她輕聲啟口：「That's an invitation, girl.」

那聲「girl」如羽毛般撓人，顏未縭耳尖一熱，只見方寅衍紳士地彎下腰，唇瓣緩緩靠近她的指節——

溫熱的柔軟貼上她的手指，出乎意料的接觸令她瞠大了雙眼。

方寅衍顯然也嚇了一跳，他迅速彈起身，旖旎氛圍頓時全消。

顏未縭急忙縮回手按下停止鍵，本來後面他還要再說一句「高一信在『邂逅』等你」，現在她也只好直接切掉了。

「你、你、你……」影片儲存完成後，顏未緺伸直了右手，威脅似的用手機支架指著方寅衍，嘴上卻連話都說不好。

「我、我不是故意的！沒算好距離！」方寅衍也結巴了，他極力控制住自己的慌亂，擺了擺手，但耳旁還是泛起了紅暈。

他為了不讓動作顯得僵硬，自認算準了距離，應該能正好在吻上顏未緺的手指前停住，豈料竟失策了。

「你……我……」顏未緺仍是說不出話，她乾脆蹲到了地上，悶頭檢視影片內容，當作方寅衍不存在。

方寅衍繞過她，站到她背後跟著低頭看起影片。他邊看邊摸摸自己的臉，本來只是訝異自己真展現出了那副慵懶帶笑的神態，手一觸到臉頰，才發現自己的臉是燙的。

想到方才唇上的微涼，他忍不住以指背抹了抹嘴唇，試圖擦去心中那搔癢般的感受。吻手指和接吻的深刻程度完全不同，然而輕如羽毛搔過反而更加引人遐思。

不對勁，真的不對勁。

他又摸了摸溫度比平時高上許多的頸側，突然察覺自己這些日子來的行為實在很不像自己。

自從用「因為妳」這個訊息捉弄了顏未緺一回後，他便意識到，每當看著她被自已堵得說不出話的模樣，他的心裡就會有種滿足的歡愉感。

於是他三番兩次地捉弄她，例如先前在教室裡的演練，他承認自己除了是眞的想嘗試一次，也帶著點試試她反應的玩味心態。

看她惱怒、看她羞臊，他們之間的距離一次比一次接近，直到這次意外發生，他才驚覺自己過了頭。

他懊惱地揉了揉後腦勺，輕嘆一口氣。

不同於胡思亂想的方寅衍，顏未縭始終專注在影片上，只是心跳和拍攝時一樣，不受控制地被他的動作和眼神擾得越來越快。

一路播放到方寅衍彎身吻下來的時候，她才按下暫停，凝神思考。

這支影片呈現出的畫面很好，要是爲了缺少的那一句臺詞而重拍，不曉得還能不能有同樣的效果。

——而且若眞要重拍，她肯定會衝去廁所把郝靳軒找回來。

等一下就必須給大家看成品了，顏未縭想了想，用手機內建的簡易功能剪掉了因他們的慌亂而造成的搖晃片段，於是畫面便停在他親到她的手的那一刻。同時，她也不忘把原檔刪除。

看起來還可以，不過還是少了那句介紹班級和攤位名稱的臺詞，如果以錄音的方式並搭配字幕補上去呢？

她邊思考邊替自己做心理建設：方寅衍不可能會主動親妳，他那麼慌張想必是真的沒拿捏好距離，就當沒這回事、沒這回事……

顏未緺發洩似的吐了一口氣，知道自己該面對現實了。

她抬起頭，以爲會見到方寅衍站在自己跟前，結果眼前卻是空蕩蕩的。她起身想四下張望，頭頂卻撞上微彎著身子看她剪接的方寅衍。

冷不防被這麼狠狠撞上，方寅衍往後一彈，摀住了下巴，顏未緺則是眼冒金星地又蹲了下來。

「噢……對不起……」又麻又痠的感覺從頭頂蔓延到鼻梁，顏未緺有氣無力地道了聲歉，而方寅衍忘了她此時根本看不見他的動作，胡亂地點了點頭，下巴仍作痛著。

郝靳軒站在他們幾步外的地方，抽了抽嘴角。他沒想到自己一回來目睹的畫面就那麼滑稽。

「呃……你們拍完了嗎？」他找了個時機出聲，指指自己後方，「我剛才經過教室時瞄到有些人已經蠢蠢欲動，大概快要跑過來了喔。」

方寅衍點點頭，就要轉身回去，顏未緺急忙搖了搖腦袋，開口攔截：「等等！錄一下最後一句。」

郝靳軒不明白她在說什麼，方寅衍則是信步靠過來，接過了她遞出的手機，順便一手拉起她。

一下子被拉起來，顏未縭的眼前因輕微貧血而黑了一瞬，等視力恢復，方寅衍已經錄完那句臺詞，把手機還給她了。

大功告成，他們邁步返回教室，郝靳軒渾然不知他們之間的尷尬，還自認很識相地走在了前頭，獨留他們兩人並肩前行。

一陣不自然的沉默後，方寅衍說話了：「抱歉。」

他道歉是因爲覺得自己不該只因捉弄起來有趣，就一再撩撥她，但顏未縭以爲他是指意外吻到手指的事。

「不用再道歉了啦，我懂我懂！」顏未縭故作大氣地擺擺手，目光卻沒敢直視他。她壓低了頭，稍稍加快腳步走進教室。

同學們早已等得心癢難耐，見他們總算回來，大夥兒一個個倏地從座位上彈起，一窩蜂地朝他們擠過來。

「等等！」顏未縭瞬間被擠得透不過氣，只得高聲喊道：「後退一點啦！我這樣連按螢幕都沒辦法！」

「再後退就看不到了啊！」有人在後方嚷嚷，其他人跟著猛點頭，顏未縭眼看場面瀕臨失控，趕緊提議：「那我傳到班群好了，沒網路的去跟別人一起看！」

人群退後了些，她這才終於有空間把手機還給原本的主人，對方伸手接過，立刻就把影片傳到了班級群組。

全班瞬間安靜下來，幾乎在同一時間，教室各處響起方寅衍在影片內的聲音，接著是此起彼落的驚呼。

「啊啊啊！他好好看！」

「牽我牽我牽我！」

「我死了……他好帥！」

方寅衍摀住臉，不想直視那些盯著影片發花痴的女同學，再次後悔起自己爲何要鬼迷心竅地答應顏未縞。

他偷偷瞄向站在他身旁看影片的她。

她的眼神專注，彷彿在欣賞一件藝術品，方才被他吻過的手指輕扣著手機邊緣……等等，她看得那麼認眞，他在想些什麼啊。

他移開視線，暗罵自己。

只有顏未縞自己曉得，她的心中其實也不如表面上那樣平靜。

雖然在剪接的過程中又重看了影片幾遍，然而不管看過多少次，悸動感都絲毫未減。

她覺得自己很不對勁，眞的不對勁。

她分明不是那麼容易被戲弄的人，往常被捉弄的反應也總是不悅多過其他情緒，但面對方寅衍時卻不一樣。

害羞、侷促、心動——感受一次比一次還要強烈。

這次的意外插曲，甚至讓她發現自己有點喜歡被他撩撥心弦。

影片畫面停在了他親上她的手，她抿了抿情不自禁彎起的嘴角。

「啊——」這一幕自然掀起了一片尖叫，一位女同學眼神晶亮地轉過頭，詢問顏未縭：「所以有親到嗎？」

聞言，顏未縭笑容一僵，心中升起一絲忐忑。

完了完了完了……看起來不像借位嗎？直接否認會不會反而可疑？

就在她正欲開口時，一道聲音從她身後響起，替她答道：「問她幹麼？就算有被親到也是我才知道吧！」

顏未縭微訝地回頭，方寅衍亦然，只見郝斬軒一副理直氣壯的樣子，女同學愣愣地點點頭，恍然追問：「對耶！所以有親到嗎？」

「這是我和阿衍的小、祕、密！」郝斬軒故作俏皮地說，語畢還眨了眨眼，方寅衍噁心得忍不住想打他的頭，郝斬軒卻眼明手快地一把抓住那隻手，拉到了自己的臉頰旁，故作陶醉地雙手捧住，方寅衍馬上嫌惡地抽開手。

看著他們兩人如此「有愛」的互動，女同學即使沒得知真相也滿足了，她滿臉幸福，只差沒拿手機拍下這個畫面。

看來這傢伙喜歡的不是方寅衍，而是他和郝靳軒的CP啊……顏未縭朝女同學深深地點了個頭，非常能理解對方的幸福感爲何而來。

待女同學小跳步著離開，顏未縭才側過頭，悄聲向郝靳軒道謝：「謝謝。」

「不會——」他拍拍她的肩膀，特意拖長了尾音。

那看起來眞的不像借位，而且他之前隱約聽見了方寅衍在對顏未縭道歉，他都沒料到自家兄弟會這麼快就出手。

郝靳軒略帶調笑的目光飄向了方寅衍，讓方寅衍頗想一拳揍下去。不過看在郝靳軒主動幫顏未縭背鍋的分上，他決定這次就算了。

他以爲這件事至此就告一段落了，沒想到卻完完全全低估了影片放上網路後引發的反應。

今天的壓軸是高一信班帶來的攤位宣傳影片——「邂逅Encounter」，由@yinyan0910擔綱演出，讓我們一起來欣賞他誘惑人心、勾引心跳的邀請吧！

在園遊會前一天，這支影片才被上傳到學生會開設的IG宣傳帳號，但迴響熱度絲毫不受影響，一放上去就立刻在網路上炸開了鍋，成爲所有宣傳影片中瀏覽次數和按讚人數最高的。

對於這個結果，顏未縭心裡既興奮又雀躍，她的行銷策略眞的成功了！

她一則一則地瀏覽留言，發現幾乎沒有負評，雖然還是有幾個人鄙夷地認爲只是靠長相衝人氣、說不定攤位賣的甜點難吃得要死，但很快就被無數迷妹迷弟的瘋狂留言給洗掉了。

「天哪也太帥了吧嗚嗚嗚！在此揪團把他們的攤位包下來！」

「等等，我怎麼不知道學校有這等帥哥！」

「您也太落伍了。」

「那隻手是誰的啊？我想投胎當那隻手！」

「同求解答！排隊當那隻手！」

「+1！排！」

「那可是老子的手，羨慕叭！」

郝靳軒的留言也夾在其中，雖然句尾故意裝可愛的那個錯字實在滿欠揍的，顏未縭心中仍是十分感激。

她繼續往下滑，貼文下最多的是tag朋友一起來看的留言，有的僅是標註對方的帳號，有的還加了幾句興奮的發言，例如「明天要不要一起去？」「衝呀！我想親眼看那香爆的盛世美顏！」之類的。

「欸欸欸欸欸那真的是方寅衍本人的帳號？直接追爆啊！」這樣的留言更是一抓一大把，對此顏未縭覺得非常不可思議。

方寅衍（yinyan0910）已要求追蹤您。

前幾天，她的手機跳出這麼一條通知時，她當下的心情就像被雷劈到一樣。太扯了吧？她瞇起眼睛再三確認，見那個帳號的頭像和方寅衍的LINE一樣，不是什麼粉絲後援會的帳號，才按下了確認，接著也反過來發送追蹤請求給方寅衍。

不一會對方就接受了，她馬上私訊問他怎麼申請IG了，後面附帶一整串的問號。

「爲了看看那支影片上傳後的情況，所以就順便申請了。」他回得理所當然。

「那要在那支影片的貼文標註你嗎？學生會說盡量要標註演出者。」顏未縭提出這個問題時沒想太多，只是覺得既然方寅衍都有IG了，那就順道問問。

「看妳啊。」方寅衍回得隨意，根本沒料到自己的帳號被公諸於世會掀起多大的騷動。

宣傳影片一發出，方寅衍便收到了自己被標註的通知，而他沒怎麼放在心上就去洗澡了。

等他洗完澡回來，破百則的追蹤請求赫然出現在IG的通知欄，甚至還持續刷新中。他拿著手機，對於突如其來的大量關注只覺得無奈。

方寅衍呈大字型倒向床鋪，邊嘆氣邊從中挑出熟人的追蹤請求按下確認，接著把手機擱到床頭櫃上。

雖然這個狀況著實令他不知所措，但至少明天園遊會攤位的業績應該會很好，還算是一件值得高興的事。

他翻了個身，再次拿起手機時，見到了顏未縭幾秒前傳來的訊息。

「我可以問一下你現在的追蹤請求有多少嗎？」後面附上一張白熊摩拳擦掌的動態圖片。

他返回通知欄，無奈地將追蹤請求的畫面截圖傳給她。

顏未縭回了一張寫著「樂觀堅強」的梗圖：「……辛苦了，明天加油！」

方寅衍還沒回覆，又收到一張「好了你可以去睡了」的熊貓人梗圖。

她也太喜歡這種奇怪的圖片。

他輕輕勾起一邊嘴角，猶豫地思索片刻，才回了句：「好，妳也早點睡。」

Chapter 3 限時動態的悸動

園遊會當天，操場上人聲鼎沸。

天空被雲層覆蓋，氣溫微涼，風徐徐吹起一張張宣傳海報的邊角，原本恰到好處的涼意卻被現場人潮的擁擠和喧鬧給加溫了。

不出所料，高一信班的攤位大排長龍，有人是因爲蛋糕是園遊會中少見的販售品項，所以來嘗嘗鮮；也有人是聽說高一信的甜點出自著名甜點店店長的兒子之手，於是來一探究竟；當然，更多人是看了宣傳影片，想一睹方寅衍的風采才來光顧的。

「請問你是方寅衍嗎？」

「我可以跟你合照嗎？」

「你可以確認我的追蹤邀請嗎？」

不斷湧入的粉絲將方寅衍團團包圍，爭相提問疲勞轟炸，連其他工作人員也不時被來客抓著詢問方寅衍在哪。

好在顏未縭安排了方寅衍擔任座位區的服務生，而不點餐就進不了座位區，否則想必會有不少人和他合照完便離去，若由他負責點餐的話，也肯定會因此影響點餐速度。

但壞處是，座位區的翻桌率也因此比預期中還低，許多人都爲了能有多點機會和方寅衍互動而留在位子上，甚至還有一大堆抱持著同樣想法的人在一旁候位，顏未縭都不知道他們有什麼毛病。

她煩躁地扯了扯領帶，檢視著排班表，琢磨著到底該趕快讓方寅衍休息，還是讓他繼續工作。

第一班的工作時段已經快結束了，一個小時內每桌平均才換了一、兩組客人，都是爲方寅衍而故意拖延時間的女生。

課桌椅坐起來很舒服嗎？一塊蛋糕可以吃三十分鐘嗎？嗄？顏未縭眞的很想指著那些人的鼻子如此大喊，無奈人家是顧客，所以她不能。

從下一班開始，一定要在桌面放上「用餐時間十分鐘」的牌子！她恨恨地咬了咬牙，怎麼看都看那些圍繞在方寅衍身邊的女生不順眼。

根本耽誤他們的生意！顏未縭撇開目光，心裡悶著一股氣。

她不會承認，當方寅衍和女生們合照時有了肢體接觸，她很不開心；她也不會承認，當其他女生坐在那裡說著意淫他的話、妄想能跟他有更進一步的接觸時，她很不開心；她更不會承認，她有點後悔找方寅衍拍攤位的宣傳片了。

意識到迷妹們不只是在網路上發發花痴，而是眞眞切切地對方寅衍有非分之想，顏未縭這才發現，自己對此一點也不樂見。

此刻距離換班還有二十分鐘，攤位前排隊的人龍依舊，照這樣下去，到了換班時他們的商品恐怕也差不多賣完了。

每位負責顧攤的人至少必須排兩個班，而方寅衍將自己的兩個班連續排在一起，因此顏未縭擅自決定，若接下來有五個以上的女生找方寅衍合照「耽誤他工作」，她就要強制他休息。

這念頭剛剛浮現，立刻就有一群即將結束用餐的女生去找他要了合照，其他幾個人趁勢跟了上去。

那些女孩嬌羞扭捏的模樣讓顏未縭額上的青筋跳了跳，她當機立斷地走過去，劈頭就對方寅衍說：「可以換班了。」

正猶豫要不要答應合照的方寅衍聞言，轉向她問道：「不是還有二十分鐘嗎？」

「你太擾民了，影響攤位秩序，公關組組長在此提早放你自由。」她理直氣壯地叉腰表示。

方寅衍聳了聳肩，解下領帶，那些女生見他準備換班，沒有搭理她們的意思，竊竊私語了幾句便走了。

「妳不是希望靠我的人氣來賺錢？」雖然這麼說像在自誇，方寅衍仍是問了出口，因爲他總覺得顏未縭急著要他走頗有蹊蹺，很不像她平常的作風。

他直勾勾望著她，以往都是顏未縭用這副模樣冷不防地對他提問。

而顏未縭忽地語塞。

是啊，找他拍宣傳片不就是期待這樣的發展嗎？她爲什麼急著想趕跑那群人？

她原本想答她也不知道，可是心中有一個小小的聲音，告訴了她眞正的理由。

顏未縭張了張嘴，卻一句話都說不出來。迎著方寅衍的視線，她勉強從牙縫中擠出一句：「不想提早休息就說。」

她的嗓音有些乾澀，語氣透著一絲防備似的疏離。

「也沒有啦……」方寅衍移開目光喃喃回答，閉口不再多問。

兩人之間陷入尷尬的靜默，周遭的嘈雜彷彿距離他們十分遙遠。顏未縭抿抿唇，總覺得自己回答得太過心虛了。

她理了理思緒，正想再次解釋時，櫃檯處卻傳來周子雲的呼喊：「顏未縭！過來一下！」

「喔！來了！」她下意識提高音量回應，邁步跑過去後，才又回頭確認方寅衍是否還在原地。

但他早就和不知何時回到攤位找他的郝靳軒一塊離開了。

「欸，所以你和顏未縭到底是怎樣？」

走在熙來攘往的人群間，郝靳軒忍不住探問。

他手插著褲袋，裝作只是隨口一提，其實耳朵豎得老高。

方寅衍舔了舔手中的冰淇淋，再咬下一大口，被冰得輕輕抽了一下眉毛後，才反問：「什麼怎麼樣？」

「拜託！我才想問你什麼怎麼樣，你哪時候會答應別人去拍那種東西了？之前你們互動頻繁我還能當成是因爲你們同桌，又同樣是美宣公關組的組長，但你怎麼會答應拍那支宣傳片啊？」

郝靳軒再也沉不住氣，炸毛了一般跳起來，連珠炮似的逼問。

方寅衍瞟了激動的郝靳軒一眼，又看看旁邊某個似乎挺有趣的攤位，漫不經心地回：「關你屁事。」

「靠！你說關我屁事？」郝靳軒滿臉不可置信，一手摀住心口，一手指著方寅衍開始胡言亂語，「你不會是喜歡上她了吧？所以她說什麼你才都答應？還順便偷親人家的手？這什麼情侶間的祕密情趣我眞的不懂……」

方寅衍聽得嘴角一抽，正想反擊時，一句話卻刺進了耳裡：「那你之前跟我說的那個女生怎麼辦？你要放棄她了——」

「你說什麼？」方寅衍的語氣冷了下來。

郝靳軒身子一抖，識相地摸摸鼻子打住話，但很快又不知死活地補上一句：「還是沒找到？」

「沒在找。」方寅衍僵硬地回道，咬了一口甜筒。

「是找不到？」郝靳軒歪頭湊過去，小心翼翼探問。

「沒在找。」方寅衍再次肯定地說，狠狠瞪了眼郝靳軒。

郝靳軒連忙猛點頭，只差沒鞠躬哈腰，「好、好，沒在找就沒在找。」說完，他忍不住提議：「你眞的不打算把她的名字告訴我，讓我幫你找？」

方寅衍沉默以對。

難搞的傢伙，也不曉得到底在堅持什麼。郝靳軒在心底抱怨了一句，想了想突然驚覺不對，大聲嚷嚷起來：「不對！你幹麼轉移話題！所以你和顏未綯到底是怎樣？」

「就沒怎樣啊，你是想聽到什麼回答？」方寅衍也微微提高語調，他吃完了冰淇淋，隨手把原本包著甜筒的衛生紙丟進旁邊的垃圾桶，也不再物色攤販了，認眞地轉過頭看著郝靳軒。

「先說說你爲什麼會答應拍宣傳片。」郝靳軒講完，忍不住抱怨起來，「你知道熱舞社的學長姊看到你寧願拍那種東西，也不願意幫忙拍個簡單的招生宣傳有多傻眼嗎？他們一直逼問我是誰去拜託你，你才答應的，還有企畫是誰提的，我只好說我不清楚，但我都在網路上說影片中那隻手是我的了，還假裝不清楚是誰提的，根本就沒人會相信好不好！」

聽了他的不滿，方寅衍長嘆一口氣，凝神思考起自己當初答應的原因。

那時是在什麼情況下答應的啊……

他想了半天，發現自己還眞沒什麼冠冕堂皇的理由——因爲捉弄顏未縭後心情愉悅，一個不小心就答應了？

這能稱得上理由嗎？而且說出來恐怕又得掀起軒然大波。

見方寅衍猶豫良久，郝靳軒大發慈悲地提供一條生路，「不然，你先說你現在對她是怎麼想的也行。」

怎麼想的？方寅衍只好再次思考起這個他不曾細思過的問題。

他的步伐不知不覺放慢，神情也隨之柔軟起來。

一開始或許只是因爲她很有趣，所以想逗弄她吧？不過自從不小心親到她的手以後，他便收斂了許多。

先前他覺得顏未縭把他從攤位趕走，又不正面回答他的疑問，這樣的行爲不符合她的個性，可那也只是他認爲自己所認識的她不會這樣。

其實他根本不了解顏未縭，只知道她習慣用髮夾把劉海夾起來露出額頭，雖然直來直往，擔任領導者時卻懂得軟硬兼施。另外，她對於網路和社群軟體的使用似乎挺上手的——

除此之外，關於她的生日、參加的社團、興趣嗜好之類的，他全都一無所知。

「好奇吧。」他脫口而出。

郝靳軒本來已經等他的下文等得意興闌珊，此時方寅衍突然冒出這麼一句，讓他著實嚇了一大跳。

「沒見過像她那樣的人，所以很好奇吧？」方寅衍擰著眉補充。

「是嗎？」明知方寅衍沒什麼理由對他說謊，郝靳軒仍不太相信這個答案，不依不饒地追問：「所以你是在什麼情況下答應拍宣傳片的？這跟好奇有關係？」

靠，只是好奇就願意幫忙拍宣傳片，那真喜歡上了會怎樣？郝靳軒在心底暗罵，但沒真的說出口。

聽了他的疑問，方寅衍坦然地——轉移了話題。

「我要去吃章魚燒。」

雖然現在已經不是顏未縭值班了，她仍選擇了留在攤位幫忙，一方面是擔心會有什麼突發狀況需要她處理，另一方面是有一整個下午的時間能逛園遊會也足夠了，因此她打算早上都留守攤位。

自從打發走方寅衍後，人潮就散了不少，不過他們販售的蛋糕還是頗受青睞，生意依舊不算差。

「還剩多少會賣完？」目前暫時沒有需要外帶的客人，顏未縭在櫃檯上撐著頭，詢問一旁抱胸站著的周子雲。

由於方寅衍的關係，她的心頭有些煩躁，於是不時和因爲一起籌備園遊會而熟稔起來的周子雲聊天，想藉此轉移自己的注意力。

「大部分的蛋糕都還剩二十幾份，冰好像只剩一桶……」周子雲隨手拿起擱在旁邊的商品清單，邊細讀邊向她回報：「檸檬塔算是賣光了，其實後面的冰櫃還剩下三個，但方寅衍說那些幫他留起來。」

顏未縭回過頭去，想確認擺在後頭玻璃冰櫃裡的檸檬塔，周子雲以爲她是驚訝方寅衍說要替他保留，便走過去把單子拍到了她手上，「自己看，上面寫的。」

透過方寅衍久久才發一次的限時動態，顏未縭曉得他練舞後常會買一杯蜂蜜檸檬，而當初也是他提議園遊會攤位要賣甜點的，所以對此她其實並不特別訝異，直接就把清單又塞回周子雲手裡。

「怎麼？相信我了嗎？他可喜歡我做的甜點了——」收回單子，周子雲低下頭朝她戲謔地笑了笑，顏未縭見狀只覺這是欠扁。

她一把將周子雲的三角頭巾往下拉，蓋過了他的眼睛，讓他的樣子變得十分滑稽，周子雲還沒來得及把頭巾恢復原狀再找她算帳，他們身後就傳來一道女聲。

「可以點餐了嗎？」有些冷淡的語氣透露出了來客的不耐煩，顏未縭和周子雲迅速扭頭。

顏未縭率先大步迎了過去，一邊在心底暗罵自己不小心太散漫了，一邊笑咪咪詢問對方：「不好意思讓您久等了，請問您要點些什麼——」

說著，她看清楚了來人，頓時硬生生噎了一口氣。

是池詩雅。

顏未縭早就看過池詩雅的IG了，畢竟對方在那則惡意爆料的匿名貼文底下被標註了那麼多次，帳號又設爲公開，顏未縭自然不會遺漏，同時她也發現傳說中的池學姊的確長得滿好看的。

池詩雅本人和照片上幾乎有九成相似，顯然並非倚賴濾鏡修圖招搖撞騙，她臉上帶著妝，眼線尾端拉得上翹，橘紅色的豐唇更增添了成熟韻味。見顏未縭語塞，池詩雅眉眼不動，直視著她微微啟了啟口：「一份檸檬塔。」

「不好意思，我們的檸檬塔賣完了。」

也太剛好了吧！顏未縭猜想自己多半笑得有點僵了，她雙臂交疊放到櫃檯上，反射性擺出防衛姿態，心裡總覺得對方是來找碴的。

豈料，池詩雅只瞧了一眼她擱上櫃檯的手臂，便再次查看菜單上還有些什麼，似乎壓根沒有刁難的意思。

顏未緺才剛感覺自己太小心眼了，池詩雅就目光一轉，指向後方的玻璃冰櫃，「那後面冰櫃裡那些是什麼？」

靠。顏未緺又被堵得啞口無言，這位池學姊的觀察力這麼好，當初怎麼就看不出來方寅衍不喜歡自己？

「抱歉，那是我們保留給員工的份。」這時周子雲總算把頭巾重新戴好，走過來代顏未緺說明，池詩雅瞟了他一眼，淡淡地回：「講得還挺冠冕堂皇的。」

等等，這語氣怎麼這麼像方寅衍？顏未緺認爲自己絕對是工作到太累了，才會產生這種錯覺。

「幫方寅衍留的？」

聽池詩雅繼續追問，顏未緺只覺自己怕是要被眼前這人給噎死了。池詩雅怎麼什麼都曉得？還眞的是有備而來？可是那怎麼會在方寅衍休息的時候才來？

她和周子雲對視一眼，她不確定周子雲知不知道這學姊是誰，但他們依舊達成了共識，選擇不開口回答，雖然明眼人都看得出來這是默認了。

池詩雅撥了撥垂落至額前的髮絲，替自己辯解似的反問：「意外什麼？他不是很喜歡檸檬嗎？」

「對啊。」顏未緺這回倒是答了，即便明白這麼回答也等於間接承認那是幫方寅衍留的份，不過池詩雅得知了也不能怎麼樣，況且一直不回答顧客怪尷尬的，於是她便應了。

聞言，池詩雅像是確認了什麼，志得意滿地勾起唇角。

她拉起顏未縭擱在櫃檯上的手，語氣裡終於帶了點情緒，有些得意地說道：「抓到了，影片裡的那隻手是妳的吧？」

池詩雅這番話有如一顆震撼彈，炸得顏未縭瞪大了眼睛，張口結舌。

她、她、她怎麼會知道！

在毫無防備的情況下被揭穿，換作是誰都很難馬上反應過來，顏未縭手足無措地倒退一步，卻反被池詩雅抓得更緊。

兩人互視，池詩雅的雙眼晶亮、顏未縭的眼神驚惶，此時裝傻也沒意義了。

「果然是妳吧？」見顏未縭沒爲自己辯駁——應該說是怔得一時無法辯駁，池詩雅笑得更加張揚。她的身子前傾，緊緊盯住此刻也只能保持緘默的顏未縭，「我要一份焦糖布丁，內用，我們好好聊聊吧？」

周子雲愣了愣才理解她們到底在說什麼事，訝異地看向了顏未縭。

而顏未縭的腦袋一片空白。

「你自己顧櫃檯可以嗎？」好半晌，顏未縭才僵硬地問周子雲，他了然地點點頭，她隨即被池詩雅拖到了座位區。在坐下之前，顏未縭急急以唇形朝周子雲「噓」了一聲，示意他不要聲張。

周子雲若有所思地再次頷首，繼續接待下一組客人。

兩人坐在角落的座位，四周正好都沒有客人，勉強能算是一個適合「密談」的場合。

顏未縭一手撐著下巴，瞧著池詩雅優雅而安靜地享用布丁，失去主導權讓她略感煩躁，不明白對方究竟想做些什麼。

總不可能是因爲她在影片裡和方寅衍很親密，所以就要滅她口吧？還是池詩雅其實是來討封口費的？

早知如此剛才就否認了！傻在那邊幹什麼？理智回歸以後，顏未縭不禁在心中埋怨自己。

算了，被大家發現就發現，她怕屁怕啊？只是……有一點點人身安全的風險就是了……

她直起身，整個人鎮定了些。

大概是看顏未縭已經冷靜下來，甚至顯得微惱，池詩雅也不再吊人胃口了。她輕輕舔了下塑膠湯匙收尾，開口問道：「想知道我是怎麼知道的嗎？」

「……想。」顏未縭有些意外池詩雅第一句話竟是打算解釋，她確實好奇，所以心不甘情不願地點頭了。

「妳手腕的骨節滿明顯的，還眞有點像男生的手，可是郝靳軒主動跳出來承認，反而讓我確定了絕對不是他。」池詩雅揮揮手中的湯匙，指向顏未縭的手，「郝靳軒的指甲形狀是長形，但影片裡那隻手的指甲比較圓潤。而既然得拿他當煙幕彈，想必是因爲和方寅衍拍對手戲的是女生，畢竟影片的最後一幕可不單純。」

聞言，顏未縭低頭一瞧自己的手指甲，還眞的該死的是圓的。不過她倒是鬆了一口氣，至少池詩雅的態度不像方才試探時那樣咄咄逼人。

「妳怎麼會曉得他的指甲是長形？」

「之前有一次想強迫他讓我擦指甲油，所以才注意到的。」池詩雅擺擺手，「總之，我有聽說方寅衍和班上同學的關係變好了，但排除掉郝靳軒，即使還有跟他特別要好的人，頂多也就一、兩個吧，於是我猜測策劃影片的人和影片中那隻手的主人是同一個。能有一個女生和他關係好到這樣，也是不容易了。」

池詩雅的語氣帶著些感慨，顏未縭都不知該同情被她有意無意貶低的方寅衍，還是該同情似乎已經對告白失敗釋懷的池詩雅了。

「然後妳剛才正好把手放到櫃檯上，讓我有機會觀察，大概有了九成把握以後，我才說出他喜歡檸檬的事，妳一給我肯定的答覆，我就幾乎能確定影片裡的人是妳了，只差沒直接問妳是不是顏未縭。」

聽到自己的名字被講出來，顏未縭微訝地半張著嘴，「妳怎麼曉得我的名字？」

「去怪郝靳軒吧。」池詩雅輕嗤一聲，沒打算交代。

郝靳軒嗎……顏未縭蹙了蹙眉，雙手抱胸往後靠上椅背。池詩雅這麼說或許是有意挑撥，她在心裡告訴自己可不能落入圈套。

「那妳確認以後想要幹麼？」顏未縭質疑，大概是因爲池詩雅沒有表現出強烈的敵意，她自己也確實有把柄落在對方手上，所以她的語氣並不特別尖銳，甚至還略顯隨興。

她四下張望了一下，碰巧和往這裡瞧過來的周子雲對上視線，見對方一副有意探究的樣子，她扯扯嘴角，連忙把視線移回池詩雅身上。

「也沒什麼，我能坐在這裡心平氣和地跟妳說明，妳就明白我也沒想幹麼吧？」池詩雅用湯匙刮了刮布丁杯壁，抬眸端詳起顏未縭，問道：「妳現在跟他是什麼關係？」

聞言，顏未縭目光閃了閃，嘴上卻答得飛快。

「就朋友而已。」

她故作理直氣壯的語調反倒讓池詩雅懷疑地瞇了瞇眼，雙肘撐到了桌上，十指交扣，「你們關係有多好？還是說，你們其實已經在交往了？」

「也沒好到哪裡去啦，交往更是不用說了。」顏未縭半帶嘆息地回答了她的問題，百無聊賴似的用手托起下巴。

半晌，她才發現不對，再次坐直了身子皺眉自言自語：「等等，我爲什麼要回答妳的問題？」

「問妳啊。」池詩雅有些好笑地聳肩，拿出自己的手機，指尖在上頭點了點，將螢幕湊到她面前，「互加一下IG吧？」

劇情急轉直下，顏未縭「呃」了好幾秒，才猶豫地拿出自己的手機，亮出自己的個人主頁給池詩雅看。

很快，顏未縭見到自己的IG跳出一則新的追蹤要求，她隨即按下確認。

池詩雅的帳號是公開的，追蹤她不需要經過確認，但她也沒收到被追蹤的新通知，於是狐疑地瞧向了顏未縭。

接收到疑惑的目光，顏未縭這才老實招認：「我之前就追蹤妳了……」

池詩雅在匿名校版成爲話題人物的那天，其實顏未縭不僅看了她的IG主頁，還順道按下了追蹤。

畢竟想欣賞好看的人是人之常情啊！更何況她怎麼想都覺得是那個故意爆料的女生問題比較大，就算池詩雅眞如傳言所說，和熱舞社的學妹們不合，可在這件事情上池詩雅才是受害者吧？

況且自信滿滿地跟男生告白，卻被以奇怪的理由拒絕，聽起來也有點慘。

除了能夠「保養眼睛」，或許追蹤了池詩雅以後還能得知更多精彩內幕也說不定——顏未縭按下追蹤的那刻是這麼想的，沒想到現在尷尬了。

「是嗎？」幸好池詩雅不怎麼介意，她挑挑眉，瞥了眼手機上顯示的時間，躊躇了一會，這才終於切入正題。

「我這次來，是有件事要拜託妳。」

和方才帶著玩味的試探語氣截然不同，此時池詩雅是一字一字、鏗鏘有力地說。

原本正側身將手機收進制服裙口袋的顏未縭抬起頭，對上了池詩雅的炯炯目光。

「我……也不能說是完全放棄方寅衍了吧，不過比起這個，我更在意他為什麼會用『不要跟我告白』這句話來拒絕我。」池詩雅的視線飄向上方，像是在回憶些什麼，不一會又收回視線，直直望進了顏未縭眼底，「我現在幾乎完全沒辦法跟他講到話，其他人我也拜託不了……總之，妳能幫我問問他為什麼要用這個理由拒絕我嗎？」

她垂眸微微一勾嘴角，不知是為自己竟必須拜託一個剛認識的人感到可笑，還是覺得自己不得不向剛認識的人示弱有些荒謬。

聽池詩雅冷不防如此坦率地提出請求，顏未縭一時間反應不太過來，只是愣愣瞧著對方。

這、這也太突然了吧！

「如果我不幫妳問呢？」顏未縭下意識反問，身子又向椅背靠了靠，這類請託背後往往都有點蹊蹺。

池詩雅波瀾不驚地揮了揮手機，語氣淡然地威脅：「那我就上匿名校版投稿，告訴大家影片裡的手其實是妳的，而且方寅衍眞的有親到，再順便標註妳的帳號。」

顏未綪頓時無語了，她默默把原本想說的話吞了回去，斂下眸光。

「妳不好奇嗎？」

可能是看出顏未綪動搖了，池詩雅加重語氣，蠱惑似的誘引。

而顏未綪的心中已經有了盤算。

就替池詩雅問問吧？反正眞的問不出原因也沒損失。要是方寅衍起了疑心，裝傻就是了。

池詩雅離開後，顏未綪揣著複雜的心思收拾了桌面，返回工作崗位。

——不要跟我告白。

原本這句話只是淡淡地烙在她心中，若有似無，如今卻被池詩雅給勾了起來攤在面前，讓她無法忽視它的存在。

她當然是好奇的，方寅衍可以用任何常見的理由來拒絕告白，爲什麼偏要直接拒絕告白這個行爲本身，不僅顯得不留情面，更引來諸多揣測？

站在櫃檯前，顏未綪機械式地替一組客人點完餐後，不由自主地開始胡思亂想。

雖然被委託了一個完全不清楚該從何下手的任務，但她發覺自己和池詩雅聊完天後，好像稍稍鬆了口氣。

聽起來池詩雅對方寅衍的執念，主要是來自告白被拒的不甘和不解，並不是由於還喜歡方寅衍……等等，她爲什麼要因此感到放心？

顏未縭甩甩頭，想拋開腦中奇怪的念頭，被晾在一旁許久的周子雲卻不明白她的心思，哪壺不開提哪壺地問起了她和池詩雅的談話。

「欸，我自己一個人顧櫃檯顧了那麼久，妳好歹跟我解釋一下剛才是怎麼回事吧？」攤位前又暫時沒了客人，他以三七步的姿態站在那裡，斜眼瞟她。

「這個時段本來就該是你一個人顧櫃檯好嗎！」

顏未縭碎念了一句，總覺得不管從哪裡開始說明都很奇怪，嘴巴開開闔闔了半天，始終沒法吐出下一句話。

「所以宣傳片裡面那個人眞的是妳？」周子雲見她一臉糾結，便自己先起了頭，一派自然地大聲問。

這什麼直男式問法！太直接了吧！顏未縭在心中默默幫他貼上標籤，也不想想方寅衍平常的行徑根本和周子雲差不多，只是嗓門沒那麼大。

「對，但你小聲點啦！」她用手肘撞了他的腰側，埋怨地瞪他一眼，而周子雲並不介意自己被肘擊，轉身就端著托盤去後頭的冰櫃取了幾塊蛋糕過來。

「天不怕地不怕的顏未縭會怕這件事被大家知道？」他調侃似的笑道，彎身把蛋糕一個個放進櫃檯旁的冰櫃裡，補上數量。

顏未縭原本打算趨前幫忙，聽他這麼一說，馬上不樂意了。

「我哪時候天不怕地不怕了？」她沒好氣地睨他一眼。

「任何時候。」他笑咪咪的。

「嘖，哪有那麼誇張。」顏未縭不以爲然。這時，她口袋裡的手機響了起來。

她沒看是誰的來電，離開了櫃檯幾步便接聽。她和陳梧靜約好十二點半要一起去逛園遊會，她猜想對方大概是等不及了，打來要逼問她顧完攤了沒。

「喂？」豈料，手機那端傳來的是一道男聲。

熟悉的、溫潤的男聲，背景音有些吵雜。

顏未縭怔了怔，隔了幾秒才不太確定地喊出對方的名字：「方寅衍？」

「嗯。」沒料到自己的電話會讓顏未縭那麼驚訝，方寅衍蹙了蹙眉，問道：「妳還在攤位上？」

「對啊。」他的問話令她心頭一跳，才剛升起一絲絲期待，腦中卻閃過池詩雅的請託。

現在問太奇怪，改天吧。顏未縭搖搖頭，壓抑住想趕快把任務了結的衝動。

「那——妳什麼時候會結束？」方寅衍知道現在不是她値班，但也知道她早上都會留在攤位幫忙，想了想，只好這樣詢問。

郝靳軒在一旁試圖偷聽，耳朵都快貼到方寅衍拿手機的那隻手上了，結果被方寅衍華麗地一轉身避開。

他、他是要約她嗎？難以言喻的期待令顏未縭覺得自己快爆炸了，心臟彷彿就要承受不住。

她把手機拿遠一點，深深吸了口氣，隨後又怕自己誤會了意思，連忙反問：「隨時都可以啊，怎麼了嗎？」

「那妳……」無論顏未縭回答他什麼時間，方寅衍本來都打算問「那妳有什麼想吃的嗎」，想不到她不按牌理出牌地說「隨時」，顯然是指隨時都有空，反而讓他一時語塞了。

「問她約嗎？」最終還是順利偷聽到對話的郝靳軒見他不知該怎麼回應，竊笑著亂出餿主意。

方寅衍之所以打電話給顏未縭，正是由於郝靳軒的提議，聽方寅衍說對顏未縭感到好奇，郝靳軒便慫恿他打電話問她喜歡吃什麼，這樣可以幫她買了帶去攤位上，兩人也能藉此多一層認識。其實他這麼提議是想捉弄方寅衍，豈知方寅衍當眞了。

見方寅衍好像腦波挺弱的，郝靳軒這才意圖故技重施，然而方寅衍冷冷瞪了他一眼。

眞可惜。郝靳軒只好忍著笑繼續偷聽。

「嗄？」顏未縭隱約聽見「約嗎」兩字，但那道聲音太模糊，她有點不確定是不是自己聽錯了。

她往後頭的冰櫃靠了靠，沒注意到有顧客上門了，而周子雲只瞄了正在講電話的她一眼，便自己接待起客人。

方寅衍剛才瞪郝靳軒，純粹是因爲對方在偷聽，此刻他還眞不曉得要回顏未縭什麼話，於是沒多想便用上了郝靳軒給他的「建議」。

「……約嗎？」

聞言，郝靳軒被自己的口水狠狠一嗆，這才驚覺方寅衍或許根本不懂這個詞的意思。

靠，「約嗎」不是這樣用的啦！

在郝靳軒內心崩潰的同時，顏未縭也有著同樣的想法。

「你的意思是要邀我一起逛園遊會嗎？」比起害臊，顏未縭更覺得好笑，她替他緩頰似的問，語氣不自覺多了一絲笑意。

「嗯。」方寅衍不自在地抿抿唇，再次旋身避過郝靳軒。

「那你在哪裡？我去找你吧？」她看了看時間，距離十二點半還有一個小時。她就先不要跟陳梧靜說吧？

「高二孝的章魚燒攤位。」

和方寅衍並肩漫步在高二班級的攤位間，顏末縭後知後覺地發覺，他們似乎太招搖過市了。

一路上不時有人回頭看他們，其中大概有一半是因爲方寅衍，另一半還是因爲方寅衍——和一個女生走在一起。

要不是旁邊還跟了一個男生，情況肯定會更不妙。

她瞥了眼站在方寅衍另一側的郝靳軒，這樣一想，看到郝靳軒也同行而產生的錯愕和失落感頓時稍減了些。

話說回來，方寅衍到底爲什麼要約她？

「妳有看到想吃的東西嗎？」方寅衍手上拿著插了一顆章魚燒的竹籤，在把章魚燒放進嘴裡之前，提起了他本來要在電話裡問的事——問她喜歡吃什麼。

其實，除了喜歡吃的食物，他對她的好奇還有很多，例如她有沒有比較冷靜的時候？她的交際手腕是怎麼來的？她私底下是個怎樣的人？

要是顏末縭得知自己在方寅衍心中的形象是性格衝動和八面玲瓏，肯定會氣得跳起來。

「呃……」然而她當然不會知道這些，她眼下只是在想，現在才說自己其實有點想吃章魚燒會不會太晚了？他們已經離章魚燒攤位有一段路程，可是剛才經過的攤位她都沒什麼感興趣的，只好欲言又止地看向了方寅衍手中的章魚燒。

接收到她的視線，方寅衍理解似的吃掉了那顆章魚燒，接著以另一枝沒用過的竹籤又插起一顆，遞到了她嘴邊。

「吃嗎？」這語氣跟那句「約嗎」頗有幾分相似，顏未縞本就略快的心跳急遽加速，抬頭對上了他眉都沒挑一下的淡然表情。

她不過猶豫半刻，便張口咬下章魚燒。

軟糊的內餡伴隨著柴魚片的香氣在口中擴散，濃濃的幸福感在心底蔓延開來，她不禁再次仰頭看他。

方寅衍的髮梢微微反射著陽光，俊秀的眉眼烙進了她眼底。

他在她的注視下撤回竹籤，用自己的那枝繼續享用剩下的章魚燒，動作毫不猶疑，似乎不認爲自己的舉動有何不妥。

但她的世界似乎就此慢了下來。

她收斂一瞬有些迷亂的心神，垂下頭抿抿唇，侷促地加快了步伐。

而和顏未縞一樣越走越快的還有一個人。

郝靳軒把他們之間無比曖昧的互動看在眼裡，他深深吸了一口氣，在心裡崩潰吶喊——這他媽不只是好奇的程度吧方寅衍！

眼睛都快閃瞎了，他好想撒腿就跑。

三人又相偕走了幾步路，郝靳軒決定不再糾結，即刻實施腦中的計畫。

他這可是爲了兄弟的感情著想！

當然，最主要還是他覺得自己要是再跟他們走在一起，肯定會因爲心臟不適而暴斃。

「那個，我有點想喝那個攤位的飲料，我回頭去買一下！」郝靳軒伸手指了指某個壓根不存在的攤位，完全沒給他們反應的時間便拔腿跑走了。

顏未縭眼睜睜地目送他跑遠，再傻愣愣地扭頭看方寅衍，示意他解釋一下郝靳軒的古怪行爲。

而方寅衍僅是聳聳肩，順手把章魚燒的空盒丟進了垃圾桶，明顯沒興趣去管郝靳軒，於是顏未縭只得作罷，但是她腦海中紛亂的思緒卻沒有因此消失——

所以，現在是剩他們兩個獨處了嗎？

類似的情形並不是第一次發生，此刻意識到這個事實卻令她格外緊張。

她默默稍微拉開和他之間的距離，然而這個小小的動作被方寅衍敏銳地捕捉到了。他不明所以地問：「怎麼了？」

自己的心思被當場拆穿，顏未縭身子僵了僵。

怎麼了？

今早她因爲太多女生圍繞在方寅衍旁邊而不悅，之後又因爲池詩雅似乎已經不再喜歡方寅衍而莫名鬆了口氣，眼下則是因爲被他邀約一起逛園遊會而心跳不已——一整天下來，她的心情像坐雲霄飛車似的，不斷起起伏伏，全都是因爲方寅衍，她也想知道自己是怎麼了啊！

「沒事……」心中煩亂得厲害，顏未縭仍是往方寅衍那裡挪近一步，硬著頭皮回到稍不注意便會擦過彼此手臂的距離。

顏未縭的不自在導致方寅衍也跟著尷尬起來，兩人之間的氣氛凝滯了幾秒，連走路的姿勢都變得略顯僵硬。

直到一陣手機鈴聲響起，寧靜才被劃破了。

「喂？」顏未縭匆匆忙忙地從口袋中掏出手機接聽，一手掩在嘴邊、一腳向方寅衍的另一邊跨了跨，而他僅是瞄了她一眼，停下腳步。

這通電話讓她總算有理由離方寅衍遠一點點，但還來不及鬆一口氣，電話那頭的陳梧靜便氣急敗壞扯開嗓門對她吼：「妳在哪啦！我買了飲料回班上攤位找妳，結果妳不在，我問周子雲他說妳走了！」

顏未緺抹了把汗，弱弱地辯駁：「不是還沒十二點半嗎……」

「還沒十二點半就不能去找妳嗎？妳在哪？」陳梧靜一句話堵住了她的嘴，敏銳地察覺到有哪裡不對勁。

「呃……」顏未緺的眼珠子骨碌碌轉了一圈，左思右想也找不到任何好藉口，最後只能誠實回答：「我在跟方寅衍逛園遊會……」

「靠，有這種好康不揪？」陳梧靜下意識爆了粗口，過了幾秒才八卦地問：「誰先約誰的啊？」

「他先約我的。」儘管顏未緺已經用細如蚊鳴的聲音講出這句話了，她的目光還是心虛地飄向了站在一旁的方寅衍，弄得自己好像是在說什麼不可告人的祕密。

方寅衍沒留意到她的眼神，視線兀自投向遠方，不知在想些什麼。

「傻眼，妳也太好運了吧！那妳就這樣丟下攤位去了？」陳梧靜嘖嘖稱奇。她早上想約顏未緺的時候，對方還說要顧攤，十二點半這時間可是她們討價還價了好久，顏未緺才妥協的。

「妳不會是喜歡他吧？」

陳梧靜這句語氣近乎肯定的問話，直直戳中了顏未緺的內心，她想反駁卻啞口無言。

掙扎了半晌，最後顏未緺選擇先不談。

「不知道啦，就這樣。」她隨便應付了句便想掛斷陳梧靜的電話，大概是察覺到她的意圖，陳梧靜急急補上一句：「不知道就去確認啊！妳眞他……」

「拜拜啦！」在強行切斷通話的那瞬間，顏未縭似乎聽見了陳梧靜沒說完的半句髒話。

她喜歡方寅衍嗎？

顏未縭用額頭靠著一旁攤販用來支撐帳篷的營柱，另一隻手仍將手機貼在耳旁，想要隔絕周遭一切的噪音。

要怎樣才算是喜歡？

此際，陳梧靜那句「不知道就去確認啊」又刺進了她的心中。

確認？可是要怎麼確認？

「好了嗎？」方寅衍的嗓音傳來，把顏未縭拉回現實。一想到自己縮頭烏龜似的舉動全被他看在眼裡，她突然覺得有點丟臉。

在開口回答之前，她眼尖地發現方寅衍上一秒似乎是把手機鏡頭對著她的。

「……你剛剛不會是在發限動吧？」雖然方寅衍極少發布IG的限時動態，但對於把手機鏡頭對準別人這件事，顏未縭決定還是以一般高中生的行爲邏輯來推測。

「對。」他理直氣壯地應道，顏未縭立刻一個箭步衝上去想搶過他的手機，看看他到底發了些什麼，可惜方寅衍反應極快，故意把拿著手機的那隻手高舉過頭，讓她完全搆不著。

「自己去看。」他勾起唇角，洋溢的笑意完全掩不住，再次因捉弄她而感到愉悅。

剛才他站在旁邊等顏未縭講完電話，原本是無意偷聽的，可是陳梧靜嗓門太大，他還是隱約聽到了對方嚷嚷著「確認」以及像是髒話的字眼，而顏未縭掛斷電話後又靠著營柱直發愣，顯然在煩惱什麼，他頓覺有趣，才把她那副背對著他糾結的模樣拍了下來。

見他臉上又出現戲弄她得逞的笑容，顏未縭心下一動，突然起了個念頭。

她肯定是因爲陳梧靜的慫恿而鬼迷心竅了。

顏未縭深吸一口氣，踮起腳尖，一手扣住方寅衍高高舉著手機的手，一手勾住了他的脖子，將他整個人往下拉。

方寅衍猝不及防，順著她的力道就彎下身了，爲避免跌倒，他沒有舉起的另一隻手反射性壓到了她的肩上。

顏未縭的心越蹦越快，她裝作要使勁將他的手機往自己這裡扯而向前傾身，兩人的嘴唇彷彿就要相觸，彼此的呼吸靠得很近。

不知是緊張還是驚訝，方寅衍的眼睛微微瞪大，顏未縭則強裝鎮定地凝視他的眼眸——

此刻他的眼裡，只有她。

這個認知不知怎地讓顏未縭的感官變得敏銳，他屏住的呼吸、抿著的嘴唇、睜大而顯得無辜的雙眼……在她眼底都是那麼清晰且令人著迷。

一切的一切擾動著她的呼吸頻率，以及她的心跳。

方寅衍被顏未縭握住的那隻手因他的吃驚而慢慢垂落，直到他差點鬆開手機，顏未縭才驀地放手。

「算了，我還是自己看好了。」她裝作滿不在乎似的後退半步，低頭掏出手機，準備查看他的限時動態。

方寅衍重新抓緊手機，在原地怔了怔。

她異常平靜的模樣讓方寅衍不禁懷疑，剛才那狀況是不是一場夢。

然而他臉上的熱度是眞的。

她可能……沒什麼意思吧？只是被他PO上限時動態所以一時心慌？方寅衍在心底如此說服自己，手放在頰邊搧了搧，想散去那熱度，不太敢把目光投向那個罪魁禍首。

而顏未縭低頭掩住的雙頰紅暈和耳根子藏不住的泛紅，也都是眞的。

她剛才到底在幹麼！拉近距離假裝要親他什麼的……她是瘋了不成？

心頭一片紛亂，她的視線緊緊鎖定手機螢幕，同樣不敢看方寅衍的表情。

他會猜到她是故意的嗎？她是故意藉此靠近他，來確認自己的心跳……

她的目光偷偷往上飄了一點，又連忙收回，隨即點開方寅衍的限時動態。

顏未綰沒注意到自己屏住了呼吸，當她那看起來挺蠢的背影出現時，她按住了螢幕，讀起畫面右下角那行小小的白色文字。

打電話打得那麼糾結？我還在等妳。

我還在等妳。多引人遐想的一番話啊。

她偷偷將這則動態截圖下來，這句話所帶來的喜悅深深烙在心底，隨著這一刻的怦然，那份無以名狀的悸動頓時有了答案。

如果有些情感就算不承認也不會消滅，那她還是承認吧。

她好像真的喜歡他。

等顏未綰再次抬起頭，方寅衍在她的眼中看見了他不明白的堅定。

❤

在方寅衍發布限時動態後不久，他們就分開了。透過郝靳軒的IG限動，顏未綰得知方寅衍去和熱舞社的夥伴碰頭了。

她也很快便和陳梧靜會合，一五一十交代了先前發生的所有事情，但並未提及自己喜歡上方寅衍這點，雖然她不說，陳梧靜也能猜到。

顏未縞都特別把那張限動截圖展示給她看了，不是承認自己的心意還會是什麼？

她們聊了好一陣，途中陳梧靜還繞道買了一份章魚燒，特地餵了顏未縞一顆，問她有沒有比方寅衍餵的好吃。

顏未縞嚼了嚼，沒好氣地白了陳梧靜一眼。

玩樂的時光總是流逝得特別快，園遊會在她們兩人的談笑嬉鬧間迎來落幕。

學生會的統計結果顯示，高一信班的「邂逅Encounter」成了本次園遊會營收最高的攤位。

爲了了解各方心得，顏未縞在IG上追蹤了「和安園遊會」這個標籤，結果發現十篇貼文中有八篇會提到他們班的攤位，包括稱讚周子雲的甜點手藝、他們班的服裝搭配，還有方寅衍。

虛榮感油然而生，只是一堆女生和方寅衍的合照隨之映入眼簾。

她扯了扯嘴角，切換到新增貼文的頁面，不服輸地檢視起自己的相片庫。

……靠，她沒有和方寅衍合照到。

她又點入班上的LINE群組，在園遊會的相簿中翻翻找找，這才勉強找到一張同時有他們兩人入鏡的側拍——她彎腰探到鏡頭內對掌鏡者比出V字手勢，方寅衍則拿著托盤站在她背後，正好瞟了鏡頭一眼。

她記得拍照的當下，掌鏡者還叫她滾開，說她要拍的是認眞工作的方寅衍，但顏未緺故意裝作沒聽到，反而湊近鏡頭一連擺出幾個奇怪表情，這些照片也被上傳到了班級群組的相簿。

想起這段逗趣的回憶，顏未緺的嘴角不禁揚起。

可是只放這張照片的話會不會太明顯？方寅衍會不會覺得她很奇怪？找完照片，她猶豫了一會，最後還是決定再多挑幾張她和別人的合照，隨後認眞地撰寫起貼文內容——

謝謝高一信的大家！今天的「邂逅」辦得超成功嗚嗚嗚！眞的很感謝大家在過程中願意接受我的一些小龜毛和意見……

她一向喜歡把心得文寫得很長，而既然都要掩人耳目了，所以照片她也是精挑細選、十張放好放滿。

第一張照片是班級大合照，第二張她就偷偷放了她和方寅衍的側拍。和陳梧靜的自拍被擺到了第三張，第四張則是她跟幾個女生用自以爲少女偶像團體的姿勢合照，第五張是她和周子雲在櫃檯前吵鬧的畫面……

她在照片上一一標註那些同學，一幕幕回憶湧上心頭，讓她一則貼文寫了老半天才完成。

貼文一發出，她便暗藏心思地滑到了貼文的第二張照片上，再將這篇貼文分享到她的限時動態——因爲這樣顯示的預覽畫面才會是那張照片——並加了行字：今天的心得！

不久，她便獲得了熱烈迴響。

陳梧靜先是回覆她的限時動態：「不要以爲我看不出來喔，心機很重。」才在貼文底下留了場面話：「好喔愛妳。」語氣極其敷衍。

和她一起拍了「偶像團體照」的女生們也在底下留了她們今天想出來的團體口號，引來眾人吐槽。

周子雲則是沒事找事地回：「唉唷，特地放了一張和我的單獨合照耶……不對，還有另一個男生也是這樣。」

顏末縞不予理會，她等呀等的，終於在限時動態的已讀名單中瞧見了方寅衍。

他讀了他讀了他讀了！

顏末縞一陣激動，從書桌前咻地蹦上了床，趴在床鋪上雙手緊捏手機。

不出幾秒，她的貼文就多了一個人按讚。

他會留言嗎？顏未縭緊張地向左滾了一圈，又向右滾回了原位。

盯著手機翻滾了大概五分鐘，都不見方寅衍有任何動靜，顏未縭頓時有些失落。

她默默把手機放下來，揣著自己的衣服走進浴室。

洗完澡出來，她不免仍抱著些期望開啟了手機畫面，只見螢幕上赫然跳出一則通知——yinyan0910在一則貼文中標註了你。

他也發文了嗎！還標註了她！

她的嘴角情不自禁地高高揚起，儘管身體還未完全擦乾，她仍然直接倒上自己的床，任由水珠沾溼床單。

她仰躺著將手機高高舉起，雀躍到微顫的指尖輕觸螢幕，點進了那則通知。

她滑了滑方寅衍貼文中的照片，幾乎全是食物——章魚燒、蜂蜜檸檬、烤香腸、檸檬塔，他也在這些照片上標註了朋友們的帳號，有郝靳軒、他們班的其他男生，以及幾個她不認識的帳號。

她點進那幾個帳號，發現全是熱舞社的成員，且帳號幾乎都設爲公開，於是便隨意點擊了追蹤。

再次跳回方寅衍的貼文，她用手指撇了幾下，總算滑到最後一張照片。

看見那張照片時，她一怔，腦袋隨即砰地炸開了。

他放的最後一張照片，就是他們兩個唯一的那張合照！

顏未縭手忙腳亂地把手機丟到一邊，一把拉過枕頭用力壓住了自己的臉，壓得自己險些不能呼吸，但枕頭底下揚起的笑意怎麼壓也壓不下去。

強烈的喜悅彷彿衝破了心臟，在體內各處橫衝直撞。她好想尖叫！好開心，超開心！

顏未縭深吸一口氣，腳騰空踢了踢，這才掛著止不住的笑容，再次將手機撿起來，閱讀起貼文中的文字。

謝謝大家給我機會當美宣公關組組長，@wei_li_1111_辛苦了，高一信辛苦了。

腦袋瞬間被一連串驚嘆號塞爆，她努力憋著不要叫出來以免引來家人注意，只能發出含糊不清的奇怪咿呀聲，激動到甚至有些缺氧。

他在貼文裡只提到了她！天哪！

喜歡他的情緒在心中迅速膨脹，撐得她心臟發疼、喘不過氣。

她好想要大喊著告訴他：「我喜歡你！」

園遊會過後沒幾天便放寒假了，這代表顏未縭在這一個月中都無法見到方寅衍。她會在IG發些限時動態，然後每隔幾十秒就刷新一次已讀名單，看看方寅衍有沒有出現在名單內，或是在方寅衍難得發限時動態時回覆他，藉機聊個幾句，這樣她也覺得開心。

另外，過去從不研究什麼愛情語錄、星座契合指數的她，如今偷偷追蹤了幾個固定發布愛情語錄的IG帳號，還發現天蠍座和處女座的契合指數高達百分之九十。

即使陳梧靜傳了幾則星座分析給她，裡頭提及天蠍女絕對會受不了處女男的龜毛、兩人之間的愛情將充滿矛盾等等，意圖用截然不同的說法打擊她，她也統統忽視，還嘴硬地反駁：「網路上不也都說十一月十一號出生的人很神祕、城府很深嗎？妳看我有嗎？那不準啦！」

……好吧，戀愛中的人都是白痴。陳梧靜無奈地決定不跟顏未縭計較。

事實上，對大多數戀愛中的白痴來說，除了雙方是否契合這個問題，更大的問題是——既然是暗戀，那麼就會有該不該把這份喜歡告訴對方的苦惱，也就是要不要「告白」。

不過顏未縭大概是個特例，在她心中，跟天蠍座和處女座交往後吵架可能會長期冷戰這件事相比，告不告白恐怕還來得不重要一些。

這天，顏未縭和陳梧靜相約一起去市區的著名甜點店吃蛋糕。甜點店的店名莫名熟悉，但陳梧靜始終想不起來這熟悉感從何而來。她倆推開了玻璃門，門上的風鈴清脆響起，有個男生正在櫃檯和後場間穿梭。雖然相較其他店員顯得特別年輕，他的動作卻是毫不含糊，俐落無比。

直到看清楚那個男生，陳梧靜才終於恍然大悟。

「喂，吃蛋糕就吃蛋糕，爲什麼要來周子雲家開的店？妳喜歡的應該是方寅衍不是周子雲吧？」

「吵屁吵，我來找他拿東西啦，我以爲妳早就知道這家店是他家的？」

「店名是很熟悉，可是根本聯想不到啊，之前周子雲提到他家的店時，我也沒特別記店名。」

「園遊會時，他用他家甜點店的技術和設備幫了我們這麼多忙，妳居然不記得？妳這個機動組的可以再事不關己一點！」

店裡不乏與她們年紀相仿的高中女生，不過一進店門沒有拍照或東張西望讚歎，而只顧著互相鬥嘴的，也就只有顏未縭和陳梧靜了。

周子雲很快注意到了她們，於是手邊的工作告一段落後，他便走出了櫃檯。

「請問幾位？」他笑著走近她們，故意以待客的語氣詢問。

「兩位啊，沒眼睛不會自己看喔？」陳梧靜一句話就反擊回去，抱著胸一副不好惹的樣子。

「做服務業就是心酸，不問被罵，問了又被吐槽。」周子雲倒是沒被激怒，一臉無辜地說完後轉向顏未縭，「妳們先坐一下，隨便點，我請客，我去忙一下再把妳要的東西給妳。」

「你請客？」聞言，顏未縭大驚失色地搖搖頭，「我就是爲了答謝才打算在你們店裡吃東西的，你這樣我很難做人耶！」

「我也很難做人啊！我爸一聽說有同學要來店裡，就叫我請客……」

「那你們都做豬吧，這頓甜點我吃定了！」陳梧靜劈頭打斷他們的對話，徑直拖著顏未縭走向一張雙人桌，完全沒有要客氣的意思。

顏未縭直到坐下都還不時回頭看向周子雲，陳梧靜卻是心安理得地打量起店內的裝潢。她先摸了摸打磨過的光滑圓木桌，捋了捋裝飾盆栽垂下的藤蔓，然後才拿起菜單瀏覽。

周子雲見她們入座了，便也返回自己的崗位上。

顏未綰思索了好一陣，最後決定先點完餐再考慮誰來付帳。陳梧靜很不客氣地點了比利時巧克力塔、拿破崙派和草莓星鑽奶昔，顏未綰則是點了一塊抹茶千層便收手。

即便人潮如流，上餐速度卻絲毫不怠慢，不出十分鐘餐點便全部到齊。

「妳來找周子雲拿什麼東西？」陳梧靜替甜點拍了幾張照片才開始享用，叉子切下一部分的巧克力塔送入嘴裡，她驚奇地瞪大眼眸，嘆道：「夭壽喔！太好吃了吧！」

顏未綰早在園遊會前就吃過周子雲自己做的甜點，完全能預想這家店所販售的甜點會有多好吃，不過當她吃下一小塊抹茶千層蛋糕時，那一層層餅皮以及綿密奶油和抹茶醬堆疊出的豐富口感，還是著實令她驚豔了一番。

「嗯——」她只能滿意地以一個單音來傳達蛋糕的美妙了。

兩人相對無話，彼此都沉醉在舌尖上的美好。

過了半晌，顏未綰才回應陳梧靜方才的提問。

「我來找他拿食譜。」

「什麼食譜？不會是檸檬塔的食譜吧？妳要做給方寅衍吃？」陳梧靜啜飲著草莓星鑽奶昔，隨口猜測。

「對啊，我要做給他吃，然後跟他告白。」顏未縭一隻手伸向陳梧靜，想跟她討飲料來喝喝看。

聞言，陳梧靜嘴裡的飲料就這麼硬生生卡在了喉嚨裡。

「咳、咳……妳、妳說什麼？」她好不容易才把飲料喝下去，隨即猛烈地咳起來，卻還是努力把後面那句話說出口以表達她的震驚。

顏未縭要跟方寅衍告白？她有沒有搞錯？陳梧靜崩潰地心想，腦海裡已經冒出了一百種勸退顏未縭的方法。

「我要問他，他到底爲什麼會用『不要跟我告白』這句話拒絕告白，再順便跟他告白。」顏未縭一如往常那般理直氣壯，至於當她拿過飲料杯捏起吸管時，手究竟有沒有因此抖了抖，就只有她自己曉得了。

「等等，這不是可以順便的事吧，而且妳這句話有夠前後矛盾的妳知道嗎？他都說了不要跟他告白，妳幹麼還往槍口撞！」

陳梧靜心急之下連氣都不需要順了，不假思索就碎碎念了一長串。

「妳以爲沒有人在池詩雅被他拒絕後，還堅持要跟他告白的嗎？妳以爲那些人都有好下場嗎？妳以爲他只有對池詩雅那樣而已嗎？」

陳梧靜連珠炮似的一連丟出三個答案不言自明的問句，恨不得能徹底打擊好友的信心。

豈知，顏未緺簡簡單單一句話，就讓她怔得啞口無言。

「妳以爲告白都是爲了成功嗎？」

陳梧靜愣愣瞧著她，嘴裡殘留的飲料碎冰不知不覺消融了。

這一刻，顏未緺笑了。

「我不怕他知道，只怕他不知道。」

這就是顏未緺啊。

如果能像她一樣勇敢，那該有多好？

陳梧靜悶頭再次吃起桌上的甜點，不再多言，顏未緺亦然。

她們聊起了其他事情，等兩人都將自己的甜點吃個精光時，周子雲來了，手上還拿著一個上頭貼了張紙條的塑膠盒。

「給妳，這是塔皮和食譜。塔皮我們有獨門的小祕方，妳學不來也不能學，所以我直接做了一個給妳。」周子雲將盒子遞給顏未緺，他的額上有幾滴汗，顯然在後場忙了許久。

打從顏未緺問他能不能提供檸檬塔的食譜後，周子雲便問了不下五次她到底要食譜做什麼，但她始終只說是因爲她喜歡吃，所以想自己做做看。

雖然顏未緺打算向方寅衍告白，不過這不代表她有意昭告天下。如果可以，她只想告訴方寅衍一個人。

周子雲當然沒相信顏未縭的說詞，他打趣地道：「那妳就每天來我家的店吃啊，我沒事幹麼讓自己家的店減少營業額？」

話雖這麼說，他仍是寫了食譜給她。

「想加點裝飾的話，可以多削一點檸檬皮，最後再灑到上面。記得，只能削綠色或黃色的地方，削到白色的部分會有苦味。」他猜到了她肯定不會是做給自己吃，於是多叮嚀了這麼一句，確保她能夠做出成功的檸檬塔。

「好，謝謝。」顏未縭接過塑膠盒，湊近瞧了瞧裡頭用圓形鋁箔盒裝著的焦黃塔皮，端詳一會後，她從自己坐的椅子上撈起一個包裝略粗糙的紙袋遞給他，「給你的謝禮。」

「謝什麼，舉手之勞而已。」周子雲本來不想收，顏未縭卻一把將紙袋塞進了他懷裡。

周子雲迫不得已地接下，下意識想搖一搖來推測紙袋裡是什麼，卻見顏未縭拉著陳梧靜猛地站起身，「那我們走嘍！就謝謝你請客了！」

「呃……好。」

也不懂她是哪根筋不對，突然就爽快地接受了讓他請客這件事。

周子雲摸不著頭緒，直到她們離去後，他打開手中的紙袋，這才明白爲什麼顏未縭走得那麼急——

紙袋裡裝著她們這一餐的費用。

由於陳梧靜大手筆地點了不少，所以總金額並不低，不曉得陳梧靜知不知道這錢最後是自己的好友幫忙付的。

他打量了下紙袋，封口用的膠帶寫著這條街上某間文創小店的店名，想必顏未縭是臨時拿來裝錢的。

他將錢取出來放在掌心，看著看著，不禁失笑。

而已經走遠的顏未縭此時也笑了，她猜周子雲該發現紙袋裡裝的是什麼了。思及此，她的步伐輕盈起來，但目光落向塑膠盒裡的塔皮時，捧著盒子的手又緊了緊。

考慮到新鮮度的問題，所以顏未縭先將塔皮放進冰箱冷凍庫保存，等到開學前夕才挽起袖子做檸檬塔。

雖然之前已經反覆讀過好幾次周子雲提供的食譜，可是當她把食材在眼前擺好時，還是有些意外。若只需要做檸檬餡，她必須費的工夫還眞的非常少。

先把檸檬皮和砂糖混合，並以手指搓揉，令檸檬皮的香氣充分散發，然後再加入檸檬汁混合均勻後，開小火加熱，接著倒入過篩後的蛋液持續攪拌，直到使其呈濃稠狀。

顏未縭覺得要不是做檸檬塔的步驟本來就這麼簡單，就是周子雲簡化過製作方式了。

做出來的成品會不會成功，能不能合方寅衍的心意呢？

她一邊用打蛋器攪拌已經呈金黃色的檸檬塔餡料，一邊用手機搜尋了「不要跟我告白」這句話。

他究竟爲什麼不希望別人跟他告白？

沒想到她居然搜尋到了不少結果，有Dcard貼文、幾篇不知名網站的文章，還有各式各樣的農場文。

她瀏覽著標題，一則一則滑了下來。

不要跟我告白！我們都這麼要好了，爲什麼你還要告白？我只把你當最好的異性朋友……

呃，方寅衍應該不會是爲了和那些女生以好朋友的名義搞曖昧，才會如此拒絕吧？

有人跟我告白，但我真的不喜歡他、不想被他告白怎麼辦？

關我屁事。

我和我的家教年紀差了不少，但是我對她很認真，沒想到她卻說她只是玩玩的，叫我不要跟她告白……

好喔。

不想破壞一段感情就千萬不要告白！

……她怎麼覺得自己的膝蓋中了一箭？

很顯然，網路上的資訊沒半個有用。

顏未縞想了想，畢竟每個人的狀況都不同，沒法在網路上找到可能的解答也是理所當然。

她關了火，在餡料中拌入切塊的奶油，再倒進周子雲給的塔皮中，將完成的檸檬塔放進了冰箱裡。

戀愛這種事原本就沒有萬無一失的準則，上網找答案也不過是爲了求一點心安而已。但顏未縭還是忍不住希望，如果她的告白成功指數能跟天蠍座和處女座的契合指數一樣高就好了。

Chapter 4 先告白，後肉搜

「妳待會眞的要去告白？眞的？」

這天放學，陳梧靜雖然明知自己動搖不了顏未縭的決心，還是忍不住在參加完手工藝社的社團活動後，跑來向顏未縭確認。

寒假終於結束，所有學生都穿上久違的制服回到了校園。有的人一整天下來都睡眼惺忪，上課上得渾渾噩噩；有的人則完全沒有所謂的放假症候群，調適得非常好，顏未縭正是其中之一。

對她來說，今天最重要的事可是告白，上課算什麼？

「對。」顏未縭停下幫琴弓上松香的動作，抬頭堅定地說。

她放下松香，手輕輕探向剛從烹飪教室的冰箱拿出來的、裝有檸檬塔的盒子，指尖碰觸到一片微涼。

雖然打定主意今天一定要跟方寅衍告白，她其實也是會緊張的。今天一整天坐在他旁邊得佯裝若無其事，剛剛又一副沒事人的樣子問他社團課結束後，能不能來找她拿個東西，顏未縭早就快耗盡氣力了。

之所以要方寅衍來她的社團教室，而不是由她去找他，是因爲熱舞社太多人了，她可不想把告白弄成公開處刑。

她所參加的社團是管弦社，在這裡，一下課大家便樂器收的收、書包背的背，三兩下作鳥獸散，沒半個人想跟難搞的指導老師多待任何一秒，因此教室不到幾分鐘就全空了，正適合告白。

見顏未縭態度堅定，陳梧靜沒轍了，她的嘴唇開開闔闔，終究還是吐出一句：「妳會受傷的。」

「要不要受傷也該由我自己決定。」顏未縭不假思索地回，嘴角帶著笑意。

她寧願在傾訴心意後被傷害，也不願允許自己窩囊地什麼都不說，只是默默喜歡。

此刻的她笑得燦爛而耀眼，陳梧靜看得傻了，隨即也跟著笑了。顏未縭就是這樣，總是橫衝直撞得讓人拿她沒辦法，卻又忍不住想支持她的勇敢。

她拿起自己的手工藝作品，揮了揮手向顏未縭道別，內心暗暗祈禱好友的告白能夠順利。

顏未縭反覆替琴弓抹上松香，腦中演練著待會該說些什麼。

方寅衍應該會先問「找我幹麼」吧？然後她就把檸檬塔遞給他——

接著呢？她要怎麼把話題帶到關於「不要跟我告白」這件事？等等，她又該在什麼時機告白？

左思右想，顏未縭嘆了口氣，決定先不要設想太多，留待臨場發揮。

她再次放下松香，將小提琴架上自己的肩，打算在方寅衍來之前練一下琴以轉移注意力。

她思考了一下演奏的曲目，接著將琴弓搭上琴弦，手一拉，溫柔而不失力量的悠揚旋律流瀉而出。

聽見樂音響起，正要跨進教室的方寅衍停下腳步，反射性躲到了牆邊，背靠上了牆面。

先前顏未縭要他來管弦教室找她時，他就有點驚訝了，她居然是管弦社的，他還以為她會是辯論社或康輔社之類的。

此刻能有機會聽素來大剌剌的顏未縭拉小提琴，似乎是個頗難得的機會。

他從窗戶邊往內探去，只見她的背影自然地隨音樂搖擺，拉動琴弓的動作流暢而恣意，偶爾還在樂音升至高亢處時微微後仰。

當拉到樂句尾巴的泛音時，顏未縭忍不住瞇了瞇眼睛，那清澈的悠長琴音是她最爲喜愛的，拉著拉著，緊張的心情也舒緩了下來。

她所演奏的樂曲是《天鵝》，是她預計在管弦社的成果發表會上，和其他幾個成員一起表演的曲目。這首曲子基調平穩卻不失高潮迭起，很適合用來沉澱情緒。

顏未緺渾然不知有人正窺視著自己，手指靈巧地在琴弦上按動，專心地投入到音樂當中。

琴音柔柔地撫過方寅衍的心湖、挑起了他的唇角，聽著她所拉奏的曲子，他的心情隨之美好起來。

他用指節輕輕敲了敲牆壁，猶豫片刻，還是忍不住再往教室裡探了探。只見她的馬尾微微甩動，幾絲細髮散落至肩頭，纖細的脖頸若隱若現，不時因變換角度而露出的側臉上神情溫柔，和平時的她完全不同。

原來她也有這樣的一面？

方寅衍不會承認，這瞬間他有那麼點出神了。

腦海裡突然浮現一個詞彙，所謂的「能動能靜」，說的就是像顏未緺這種人吧？

突然，一道拉長的震音奏出，昭示了樂曲的結束。

方寅衍倉促地把身體藏回牆後，一曲終了，他仍有些意猶未盡，遲遲沒踏出步伐。

很美。他心想，卻不確定自己是指音樂還是人。

教室裡的顏未緺長吁一口氣，放下了琴。或許是因爲身心在演奏的過程中完全放鬆下來，方才那次練習竟比平常都還要順暢。

她沉浸在成功演奏的滿足感之中，半掩的教室門卻驀地被推開，讓她的心又不禁緊張地一縮。好在她已經把小提琴給安置好了，否則可能會手抖地將琴摔落。

她轉過身，不意外地看見了方寅衍頎長的身影。

靠、靠靠靠！

當對方眞的出現在眼前時，她才發覺自己還是沒有做好心理準備。

顏未縭亂了陣腳，伸手想把檸檬塔藏起來，結果這動作反而導致方寅衍注意到了那個盒子。他挑了挑眉毛，疑惑地說：「檸檬塔？」

「對、對，給你的。」顏未縭手一僵，只好將計就計，將裝著檸檬塔的盒子拿起，遞給跨步走過來的方寅衍。

「妳去買的？爲什麼要給我？」他狐疑地問。

「……我自己做的，算是慰勞在園遊會和我一起工作的搭檔？」顏未縭在自己的舌頭打結之前，硬是把這句話給說出口。她發現事先打草稿果眞徒勞，她現在腦子裡依然一片混亂。

要怎麼把話題帶到那方面？直接告白了嗎？

「那就謝謝妳了。」方寅衍湊近盒子打量檸檬塔，色澤亮麗、塔皮精緻……還眞看不出來是她自己做的。

他沒有多想，只以爲顏未縭不僅是送給他，大概連其他參與園遊會籌備的主力人員都有。

所以她叫他來這裡，就是要給他檸檬塔而已？

方寅衍抬眸，卻見顏未縭顯得侷促，似乎欲言又止。

於是他沒急著轉身就走，而是靜靜地等待她的下文。

兩人站在四周整齊圍起椅子的教室中央，一人把頭垂得低低的、心跳如擂鼓；另一人則完全不清楚對方的心思，若無其事地東張西望，等著對方開口。

「我——問你喔。」顏未縭這個長音像在故弄玄虛，然而其實只是因爲忐忑而導致的遲疑罷了。

顏未縭覺得自己現在所說的每一句話，都是費了九牛二虎之力才逼出口的。什麼落落大方、什麼從容不迫都是幻想，怎麼可能做得到？

她彷彿聽得見自己急促的心跳聲，呼吸也跟著紊亂起來。

「嗯？」方寅衍的視線回到了顏未縭身上，只見她深呼吸了一口氣，整個人不知爲何展現出早死早超生般的決絕。

他忽然有種預感，稱不上不好，但也稱不上令人喜悅。

「你爲什麼要用『不要跟我告白』這句話來拒絕別人？」

察覺到方寅衍的目光，顏未縭終於抬頭，對上了他瞬間顯得不知所措的表情。

沒辦法了，她想不到要怎麼拐彎抹角，反正他會回答就是會回答、不會回答就是不會回答，那還不如開門見山地問吧！

顏未縭的眼裡閃著炯炯光彩，這個想法稍稍安撫了她內心的搖擺不定。

這句話雖然不是方寅衍所預料的，卻依然令他怔住了。

他感覺自己的指尖逐漸發麻。

如果她是在其他場合問出口，他說不定能選擇避而不談，可是眼下她的態度太過認眞，恐怕會打破砂鍋問到底。

不過，他竟有點慶幸她不是說了他本來以爲的那句話。

「妳爲什麼想知道？」方寅衍沉默了半晌，將檸檬塔放到一旁的椅子上，低低問道。

面對顏未縭的直率，他發現自己也不是那麼排斥把原因透露給她。

或許是因爲，他覺得她不會面露訕笑說他愚蠢、不會憐憫抑或是讚歎地說他痴情，她或許只會「喔」一聲，然後接上一句「原來如此」。

他以爲她會回答「好奇而已」，或開玩笑似的說「你都收了我的檸檬塔，作爲交換告訴我不過分吧」之類的，其實怎樣都好，反正接下來，他便可以輕輕淺淺地帶過原因。

事實上他的猜想沒錯，但前提是顏未縭不喜歡他。此刻，打定主意要告白的顏未縭給出的回答是——

「因爲我喜歡你啊。」

結果，她還是猝不及防地使他的預感成眞了。

面對顏未緺坦蕩蕩的告白，方寅衍一時間張口結舌，不曉得該說什麼才好。

說「不要跟我告白」吧，她都那樣問了，他再說這句話反而像個笑話；直接告訴她「不要跟我告白」背後的理由吧，他還眞無法對一個喜歡自己的人說出那件事，而且這會顯得他想轉移話題。

對待其他女生他可以很殘忍、很直截了當，然而對顏未緺……他狠不下心。

他以爲她和其他女生不一樣，不會喜歡上他，可是他發覺眼下自己最想說的，居然是問她「從什麼時候開始的」。

是他用「因爲妳」這則訊息捉弄她的時候？是一起拍攝園遊會宣傳影片的時候？園遊會時，她那若有意似無意的接近難道是一個訊號？

方寅衍訝異的神情，以及遲遲沒有開口的反應，讓顏未緺不確定自己究竟是有希望還是沒希望。

總之她講出口了！她心下一陣激動，不管有沒有成功的機會，她總算是把自己的心意告訴他了！

比起其他女生，她和他還是比較熟悉一點點吧？他們之間的互動也比較自然、親暱一點點吧？不過，這足以代表他也有可能喜歡她嗎？

她認爲不見得，但至少她說了。

如果不告白會造成遺憾，告白會導致後悔，那她寧願後悔也不要遺憾。

「所、所以，你到底爲什麼會說『不要跟我告白』？是跟什麼原因有關呀？」

顏未縭小心翼翼地把話題繞回來，畢竟她已經打定主意，今天一定要完成兩件事，一個是告白，一個是探究方寅衍這句話背後的祕密。

而比起告白的審判結果，她比較希望先得到這個問題的解答。

他們兩人之間僅隔一步之遙，誰也沒挪動腳步，都直挺挺地站在原地，若有所思。

跟她說原因的話，是不是也算變相的拒絕？方寅衍想著，右手伸進了口袋，抓緊手機上的吊飾。

教室天花板上的風扇嗡嗡旋轉著，涼風徐徐拂過他們的髮梢、臉龐、衣襬。

他再次對上顏未縭執著的眼神，接著視線垂落至地面，連她的鞋尖都不敢多瞧一眼，在心底替自己倒數了三秒後，一咬牙開口。

「因爲我前女友每天都會對我說一次『我喜歡你』，所以分手後，我不想再聽到任何女生和她說出一樣的話。」

顏未縭覺得自己全身上下的血液似乎一瞬間凍結了，如墜冰窖。

這個眞相令她的喜歡顯得那麼無力，原本帶著一絲忐忑的期待徹底破碎，心頭空落落的。

顏末縭發怔著，見方寅衍提及前女友時，神情有點心虛卻又略顯眷戀，她的心臟不禁微微發疼。

很疼、很疼，然而伴隨疼痛逐漸浮現的，是怒意。

答案……就這樣？

這答案看似還算合乎情理，可是她仍不甘心，覺得這並不構成理由。

「意思是就只有那個女生對你的喜歡是喜歡，其他人對你的喜歡都不是眞心的嗎？你把其他人的喜歡當成什麼了！這什麼蠢理由！」

顏末縭憋不住這口氣，雙手叉腰惡狠狠地質問，彷彿剛才壓根沒告白過似的。

方寅衍傻住了，她的確沒有面露訕笑說他愚蠢，而是氣呼呼地指著他的鼻子說他愚蠢。

「既然你那麼愛她，又爲什麼要分手？」有了個起頭，顏末縭開始追根究柢，從他方才所說的話中找出了不合理的地方。

她多希望這是假的，多希望這世上其實沒有一個女生在他心裡占據了那麼重要的位置。

「她……之前主動跟我斷了聯絡，所以我就找不到她了。」方寅衍誠實回答，在她的逼問下，他似乎沒有避而不答這個選項。

但他還來不及凝神回憶細節，就被她接下來蠻橫的一句話氣得額角青筋跳了跳。

「你到底有沒有認眞找啊！都什麼時代了，還會找不到人？是死了還是去了外太空啊！」

顏未縞越罵越火大，渾然忘記自己本來還在爲告白失敗沮喪，尤其是聽方寅衍說找不到前女友的時候，她覺得他根本就是白痴！

她是誰？她可是人肉搜索王！

「我……」方寅衍被罵得有些惱怒，張了張口卻講不出反駁的話，因爲他也深知自己不太擅長網路搜尋。

前女友剛消失的那段時間，他確實曾瘋了似的尋找，然而一無所獲。隨著日子一天一天過去，他也就擱下了這件事。

因爲他怕眞的找到她以後，她會給出殘忍的答案。

也不知道顏未縞有沒有猜到他的這個心思，不過很明顯的，在盛怒之下，她徹底豁出去了。

「我跟你說，我一定會幫你找到那個女生，你這科技白痴！」

隔天一早，陳梧靜一踏進教室便見到顏未緺趴在座位上，把臉埋在雙臂之間，但身周的東西都擺得整整齊齊，一如往常。

太好了，既然還能那麼早從被窩裡爬起來上學，想必昨天沒有遭受太大的打擊、也沒有哭到半夜吧？

陳梧靜完全不奢求顏未緺的告白會被接受，只求好友別受太重的傷。

可是當她蹦蹦跳跳地上前詢問，而顏未緺一臉頹喪地向她交代了過程後，她都不曉得昨天受傷的到底是誰了。

「瘋了、瘋了、瘋了……」陳梧靜的嘴裡只能喃喃地重複吐出這兩個字。

這女人當眞瘋了，誰告白完之後還能大聲質疑對方，甚至揚言要幫對方找到前女友啊？

更誇張的是，方寅衍也太痴情了，她好想當那個女人啊！

「我也覺得我瘋了。」顏未緺只理解到陳梧靜的第一層意思，於是又把頭埋回自己的臂彎之中，沒臉再抬起來。昨天她誇下海口要幫方寅衍找到前女友後，便逕自轉頭走了，結果腳都還沒跨出教室就開始後悔。

話說回來，其實她不太應該把方寅衍的祕密告訴陳梧靜，不過一來陳梧靜是她信任的死黨，二來若不講出方寅衍用那句話拒絕告白的原因，她也什麼都沒辦法和陳梧靜說了，這樣她會憋死的。

「那妳要怎麼辦？眞的要幫他找前女友？也太不堪了吧！」陳梧靜終於停止說「瘋了」這兩字。

連她這個只把方寅衍當偶像崇拜的迷妹，聽到那句回答後都快嫉妒到心碎了，更何況是眞心喜歡他的顏未縭？

陳梧靜瞅向顏未縭緩緩抬起的臉，還沒來得及觀察表情變化，就聽見她堅定地答：「雖然那樣放大話很神經病啦……但是我一定要找到她。」

「爲什麼？如果是我，我肯定祝她死在街頭，這輩子都找不著！」陳梧靜講完雖然覺得自己挺歹毒的，仍是一陣神清氣爽。

拒絕前女友陰魂不散！

「妳很過分欸，換個角度想，如果方寅衍這輩子都找不到她，就代表他會守著他和前女友的回憶一輩子了耶！回憶總是最美，妳不知道嗎？」

顏未縭也十分嫉妒那個女生對方寅衍的重要性，可是不找到她的話，他對前女友就會永遠無法忘懷。

輸給一份回憶太心酸了，她要麼就找到那個女生，讓他們分手分得徹底一點，摧毀她留給他的美好幻象；要麼就是敗得乾脆一些，發現那個女生真的好得堪比天仙，且他們其實都還眷戀彼此，那她就會自己默默退出。

「我寧願輸給一個比我好上千百倍的人，也好過只是敗給回憶。」顏未縭說完，陳梧靜便恍然大悟。

也是，誰能比得上不可能變糟的美好回憶？而且等找到那個女生以後再抹黑她也不遲嘛。

若是方寅衍得知陳梧靜滿腦子想著要消滅他前女友，他肯定會慶幸喜歡上他的人是顏未縭，而不是陳梧靜。

兩人又東扯西扯地閒聊了好一陣後，方寅衍進教室了。

他單肩背著書包，一走進教室就瞧見顏未縭坐在位子上，陳梧靜則靠著她的桌子和她聊天，兩人和往常一樣有說有笑的。

他突然懷疑昨天放學後發生的事都是在做夢。

她真的在乎嗎？一股悶氣從心頭緩緩升起，他快步走過去，肩膀一斜，讓書包落到了自己的椅子上。

顏未縭和陳梧靜同時看向他，接著兩人有默契地對視了一眼，陳梧靜用胳膊推了推顏未縭的肩膀，似乎在暗示什麼。

「那個……那個女生，叫什麼名字呀？」顏未縭遲疑地開口，指指自己手機螢幕上顯示的IG搜尋畫面，眼神相當認眞。

好吧，她眞的在乎。

他無奈地心想，頓時有種拿她沒辦法的感覺。

「妳跟陳梧靜說了？」不過，他還是在回答她之前問了這麼一句。

他的語氣平平淡淡的，顏未織卻從中感受到了莫名的銳利。陳梧靜也察覺了，於是她很孬地一步一步慢慢從顏未織身邊挪開，半句不多說地退出了他倆間的對話。

「對……抱歉？」她承認了，立刻試探性地道了歉，見方寅衍眉毛微挑，她連忙補充她如此猶疑的原因，「我是不該跟陳梧靜說，可是我想問，如果以後遇到和這件事有關的人，或是確定口風很緊的人，那我可以告訴他們嗎？」

沒離開太遠的陳梧靜聽到這句話，暗罵了一聲。意思是說她既不是相關人士，口風也不緊嗎？靠！

方寅衍的嘴角悄悄勾了起來，卻假意刁難：「和這件事有關的人可以啊，至於口風很緊……妳所謂口風緊的人有誰？」

顏未織一時語塞，也不曉得該拿誰來舉例，想著想著，突然想起自己昨天曾經蹲在自家的烏龜水缸旁喃喃「懺悔」。

「……我家的烏龜？」

聞言，方寅衍的唇齒間溢出了笑聲，惹得顏未織也覺得自己實在犯蠢，跟著笑了起來。

嗯，其實和自己告白過的對象相處並不難嘛，只要雙方都沒表現出尷尬，還是能好好相處的。

對望著笑了一會，方寅衍思考起了她最初的提問。在把那個人的名字說出口前，他感覺自己的喉嚨有些乾澀。

是該面對了吧？如果顏末縭眞的幫他找到了她……那他是不是就能眞正放下了？

「……林凡。她叫做林凡，雙木林，平凡的凡。」

顏末縭的笑容頓時一僵，不過很快又恢復了笑意，只是其中似乎摻了些冰冷。

林凡是不是？老娘記住妳了。

顏末縭笑眼彎彎，發現自己還是該死的無法眞的不介意。

幾天後，五味雜陳地著手尋找方寅衍前女友的顏末縭心情更複雜了，因爲她的任務毫無成果，她覺得自己現在的精神狀況比告白被拒那時還要糟糕。

完完全全找不到，這實在枉費她自認人肉搜索王。

日前，在顏末縭的逼迫下，方寅衍再次打開了他和林凡唯一的聯絡管道——

LINE。顏未縭試了網路上提供的一些小伎倆，想確認對方有沒有封鎖方寅衍，結果是有。

於是這條線索就這麼斷了，她只能透過頭像和用戶名得知他的前女友眞的長得很好看，以及她的英文名叫做Yvonne。

另外，她又問了方寅衍和林凡是怎麼認識的，怎麼會沒有共同好友能探聽近況。而她得到的答案是，他們是去年認識的，林凡當時是大一生，負責協助國三的方寅衍溫習功課、準備會考，某種程度上算是方爸爸請來的家教，雖然工作內容比較像伴讀。

方爸爸的本意是爲了讓方寅衍維持成績的穩定，壓根沒考慮到兩人既是異性，年齡又相仿，長時間共處很可能擦出火花，甚至從來不曾過問。

因此，當方爸爸發現兩人偷偷談戀愛的時候氣炸了，直接逼著他們分手，並不再聘請林凡，於是他們就這麼斷了聯絡。

太好了，聽起來更藕斷絲連、餘情未了了呢。顏未縭自嘲地想。

不過這些都不是重點，最重要的是，無論是透過本名、英文名、學校，還是家教網站下手，她都找不到林凡！

據說林凡在大學裡也是管弦社的，但林凡所屬的管弦社沒開設IG帳號，校方的網站上也沒太多相關消息，實在是爛透了。

本來顏未縭認爲有幾個IG和臉書帳號挺可疑的，方寅衍卻不知怎地都能抓到蛛絲馬跡，推翻她的懷疑。

雖然要找出一個和自己的生活圈幾乎完全不同的人很難，可是應該也不至於那麼杳無音訊啊？

更何況，林凡的LINE頭像是唯美的側臉背光照，多半是網美或校園美女，怎麼可能找不到？

顏未縭無比納悶，比起懷疑林凡或許跟方寅衍一樣是個科技白痴——她是說科技冷感——她寧可相信是自己忽略了什麼，對方肯定有社群帳號的。

否則林凡恐怕眞的就要如她所料想的那樣，將存在於方寅衍心中一輩子了……

這天下課，顏未縭一手托腮滑著手機，試圖從林凡學校的粉絲專頁找出一些線索，心中一邊埋怨林凡就讀的欽理大學怎麼沒有匿名告白版，不然她就可以去發告白文把人釣出來了。

連日打擊之下，她的腦袋裡開始冒出一些不正經的主意，例如打電話去林凡的學校，說林凡在校外主動找人打架，要校方叫她出來負責，或是直接去林凡的系館樓下堵人——

然而在實施這些或許會讓她被蓋布袋的計畫之前，她決定還是先問一下方寅衍的想法。如果方寅衍其實不打算把事情鬧得那麼大、不打算和林凡見面呢？

「你只是想了解她的近況，知道她過得好不好，還是想找到她本人、和她見面？」顏未縭轉了轉脖子，放下手機，十指交扣、掌心朝外地向前伸了個懶腰。

「……都想吧？」即使早已在各種情況下被顏未縭逼問過和林凡的過往，每當被觸及那些隱密的心思時，方寅衍仍舊不免感到彆扭。

更彆扭的是，他還無法像顏未縭一樣放下那天的事，只要看到顏未縭，他就會想起她眨著澄澈雙眼向他告白的那一幕。

他將視線從她的眼睛移開，落到她髮夾邊散落的些許細髮上，其中有一綹髮絲特別顯眼，因爲它既沒被夾好，又是唯一一撮沒被挽到耳後的頭髮。

他有種想伸手把那綹髮絲勾至她耳後的衝動。

活動完筋骨，顏未縭又把頭低回去了，那一綹不聽話的頭髮隨著她的動作垂下來，微微晃了晃。

方寅衍終究按捺不住，左手伸了過去，想神不知鬼不覺地把那頭髮撥到她的耳後，沒想到顏未縭突然再度仰起頭。

「要不然，你把她的LINE個人資訊傳給我，我假裝我是他們學校管弦社的新生，從學長姊那邊拿到她的LINE，想要見她一面問點事情。」顏未縭認爲這應該是最保險又最直接的方式了。

語畢，她注意到方寅衍的手正朝自己伸來，疑惑地皺了皺眉。

「……喔，好啊。」方寅衍的手僵在了半空中，根本沒聽清楚她講了些什麼就隨口答應。他緩緩向左傾身，把手肘擱到桌面上，用掌根撐住自己的額頭，假裝自己只是要休息。

看著他一系列說不上哪裡怪，但就是有點欲蓋彌彰的動作，顏末縭不解地偏了偏頭，等了幾秒仍不見他行動。

「給我啊？」她催促道，語氣比起不耐煩，更多是狐疑。

給什麼？她剛剛到底說了什麼？方寅衍把自己的眼睛遮在手指之下，全然不敢直視她，感覺自己的耳根似乎燙了起來。

抿嘴想了想，他猜測大概跟手機脫不了關係，於是徑直將手機解鎖，推到了她桌上。

見狀，顏末縭的心驀地重重一跳。

他是要她乾脆自己來的意思？難道不怕她偷看？

顏末縭接過手機，將臉側到了另一邊，不敢讓方寅衍瞧見自己情不自禁揚起的嘴角。被信任的訝異感逐漸轉變成幸福感，充斥了她的心臟。

手機上的水鑽吊飾小幅晃動著，顏末縭頓時想起方寅衍所說的「重要的人」，突然意識到了什麼。

她吶吶問道：「這個吊飾是她送的嗎？」

「嗯。」方寅衍悶聲承認。

幸福感迅速退去，取而代之的是一陣心酸。

他做得再多、她做得再多，他喜歡的仍然不是她。

她的嘴角垮了下來，趕緊甩甩頭轉移注意力，目光移向他以星空爲桌布的手機主頁畫面，一邊心想他居然不是用原廠手機桌布。她沒敢仗著這份信任多瞧其他地方，隨即點開了LINE，忍不住抱有一絲期待地切換至他寥寥可數的好友列表。

原封不動的「顏未縭」三個字映入眼簾，她也沒有太失望，畢竟連她自己都沒改方寅衍的暱稱了，她還能奢望什麼？

將林凡的個人資訊傳給自己後，顏未縭便替方寅衍關閉螢幕，將手機還給了他。

「對了，這樣我好像就可以查她的IP了……」

顏未縭若有所思地吐出這句話，不知爲何，她總有種林凡不會輕易回覆自己的預感。

「這犯法吧？」還有些尷尬的方寅衍聞言立刻抬頭，見到顏未縭臉上的笑意逐漸擴大。

「對啊，所以我之前都沒試過。」

方寅衍將手機收回口袋，越想越覺得不對勁。她到底是從什麼時候開始研究這類肉搜手法的？思及此，他無可奈何地說：「那以後也別試好嗎？」

這句略帶關切的提醒，消融了顏未縭內心剩餘的那些酸楚，她不免開始思考，他們現在的關係到底算什麼？

不是曖昧，因爲方寅衍並不喜歡她，可是他們的互動又不那麼單純；不是生疏，因爲雖然告白失敗，她依然倔強地說要替他找到前女友，而方寅衍也接受了。

那，他們大概算是盟友？

成爲這樣子的盟友，至少，她能在方寅衍心中留下一個與眾不同的印象吧？

她承認，這個念頭讓她有些心喜。

「噢！」在走廊上邊走邊想事情，顏未縭一不小心沒注意前路，迎面撞上了一個男生的胸膛。

「幹！」被她撞到的男生也嚇了一跳，毫不文雅地罵了出聲。

摸摸被撞疼的額頭，顏未縭抬起頭正想道歉，卻發現眼前的男生有點眼熟。不過也僅止於眼熟而已，她應該不認識。

「對不起。」顏未縭自知理虧，好聲好氣地道了歉，並微微鞠了個躬。

通常在走廊上撞到人都是道聲歉就可以走了，所以顏未縭說完就打算錯身離開，沒想到對方絲毫不領情，端詳了她不過一秒便開口罵道：「怎樣？妳嗆人不長腦袋，走路也不長眼睛？」

顏未緺瞬間停住準備邁出的步伐，瞇了瞇眼睛想回嗆，卻總覺得對方除了話中火藥味頗濃，還像是先前就跟她有過節。

她再次打量對方的臉，搜索枯腸仍想不起來這人是誰。

她會惹麻煩也都是惹自己認識的人啊？這男的到底是誰？

「范西你那麼凶幹麼，是跟人家有仇喔？」見兩人對視的眼神越來越凶狠，那男生旁邊的朋友想打圓場，結果順便幫顏未緺問出了心中的疑惑。

「她就是我之前說幫方寅衍講話的那個女生。」范西回過頭，臉色很臭。

喔，是方寅衍因爲「不要跟我告白」這句話引起軒然大波那天，占了她的位子、被她狠狠罵了一頓的那個男生嘛！

顏未緺恍然大悟，而范西的朋友也明瞭了，「喔，你是說跟你姊很像的那個？」

「那是你說的，我就說了，我姊再嘴賤也不會去招惹不認識的人！」范西生氣地把矛頭指向自己的朋友，嘴裡不忘嘲諷顏未緺：「而且我姊考得上欽理大學，她考得上嗎？」

欽理大學！

聽到這個關鍵字，顏未緺立刻豎起耳朵，直接忽略對方是在嘲笑她考不上那間她認爲程度不怎樣的大學。

要不是她沒有認識的人讀欽理大學，找尋林凡的任務早該有進展了！眼下終於出現一個機會，對方還和她稍微有點交情──呃，應該說是交集，總之，她一定要好好把握。

「那個，你姊也姓范嗎？」顏未綰收斂戾氣，故作乖巧地好奇探詢。

曾經和他對嗆的潑辣女生竟收起了爪子，如此溫順的模樣讓范西不禁想倒退一步，不過語氣還是跟著稍稍放軟：「不然呢？怎樣，妳不會認識我姊吧？」

「她是念什麼科系呀？」顏未綰沒有回答范西的問題，而是把姿態放得更低，那聲「呀」帶了點討好的意味，連她自己聽了都想笑。

范西聽了更是想笑，他摸不透顏未綰葫蘆裡賣的是什麼藥，但只要一想到這個惡聲惡氣罵過他「他媽的」的女生可能會越演越嬌，他就忍受不住了。

「中文系！好了！夠了！妳想幹麼就直說，我快吐了！」他真的退了一步，有些崩潰地別開臉，伸直雙手揮了揮。

「也沒有要幹麼啦，只是我一直找不到一個老朋友，她也是欽理大學中文系的，所以想請你問一下你姊認不認識那個人。」顏未綰笑咪咪地換回正常語氣。

「我爲什麼要幫妳？我連妳叫什麼名字都不知道。」范西防備地質問。

顏未綰恢復正常後，他也跟著清醒了些，發現自己似乎落入她的圈套了。

而范西的朋友見他倆一會和平對話、一會針鋒相對，都快搞不清楚他們究竟關係是好還是不好了。

「我叫顏未縭，要互加IG嗎？」她笑著晃了晃手中的手機。

兩人相視片刻，范西決定——加她的IG。

「耶，我離眞相又更進一步嘍！」要到范西的IG後，顏未縭回了教室，笑盈盈地對方寅衍說。

她雙手撐在他的桌子上，略顯興奮地向他說了剛才的情況，聽完，他也忍不住莞爾一笑。

方寅衍發現，自己現在已經不那麼排斥和顏未縭或其他人談論林凡的事了。

有時候，面對一份造成傷痛的記憶，最好的方法不是避而不談，以爲不去碰觸它，傷口就會自行完全癒合，而是在經過一陣沉澱之後，試著去談論、去回想，直到那份記憶不再顯得特別，便也能不再感覺到痛。

見顏未縭對這件事如此上心，方寅衍遲疑了幾秒，輕聲道謝：「謝謝妳。」

「不客氣。」顏未縭以爲自己明白他在謝什麼，笑著點點頭，大方回應。

她坐回自己的位子上，點開她和林凡的聊天室，傳送出去的訊息左下角依然沒有顯示「已讀」兩字。

她的訊息內容應該滿得體又合理的，對方怎麼會不回她？難不成林凡早就退社了，所以穿幫了？

還是林凡設定為拒絕接收陌生訊息？若是這樣，她也沒有任何能夠應對的法子，只能放棄這條路了。

如今只好先以范西那邊的線索為主，於是她將林凡的頭像圖儲存下來，用IG傳送給范西，還不忘補充：「這是我的那個朋友，幫我給你姊認一下，感恩。」

她傳完訊息便收起手機，畢竟范西總得等回家後才能跟他姊姊確認。上課鐘響，她準備專心地迎接今天的最後一堂課。

平靜的時光持續到了這天的放學時分，等顏未縭回家後，才發現所有事情都亂了套。

晚上，顏未縭寫完功課並複習了隔天的考試範圍，之後便穿著睡衣躺到了床上，一邊玩手機遊戲一邊醞釀睡意。

看見活動限定的抽卡池，她心血來潮想要抽張卡，沒想到一抽就抽到了這次活動中她最夢寐以求的那張卡。

天啊！原地爆炸！

為了避免擾鄰，她努力忍住放聲大叫的衝動，改為用腳在床鋪上踢了踢。她把畫面截圖下來，上傳到自己IG分身帳號的限時動態：

爽啦！@wuuuujinggggg不要嫉妒我喔啾咪！

這個帳號算是專門用來發布日常瑣事的分帳，畢竟她的本帳好歹掛著管弦社活動長的頭銜，即使是私人帳號，也得讓一些同校但不那麼熟悉的同學、學長姊，或者外校的友社夥伴追蹤。

她會在那個帳號發一些出遊或班級活動心得之類的貼文，但她其實更喜歡發廢文、廢限動，所以就另外申請分帳了。

「我今天睡到下午兩點喔」「抽到本命了嗚嗚嗚！給媽咪親一個」「手癢想發廢文但不知道要發什麼，只好給你們看看我家沙發套」「好運未縭已造訪您」——諸如此類沒營養的動態，她就會用分帳發布。

此外，因為方寅衍沒有追蹤這個帳號，所以她在寒假期間轉發了不少與天蠍座和處女座相關的貼文，還上傳了自己親手做檸檬塔的照片，一堆不知情的人都來留言嗆她，而前不久才找到這個帳號的周子雲則是留了個單手比「七」捏住下巴，挑眉思考貌的小黃臉表符。

剛發完限動沒多久，顏未縭的IG就收到了范西的回訊。

「搞屁喔？這就是我姊啊！」

這則訊息通知從螢幕頂端跳了下來，顏未縭瞬間驚愕地彈起身。

怎麼可能？

顏未縭的睡意早就因方才抽到那張卡而興奮得消了大半，如今更是有如被潑了一桶冰水，整個人都清醒了。

范西的姊姊就是林凡？可是，他和她姊又不是同母異父，他姊也姓范啊！

顏未縭也不管什麼遊戲了，立刻點入了他倆的聊天室，傳了一大串問號給范西並問道：「眞的假的？」

習慣在睡前開手機回完所有訊息的范西才回了顏未縭就打住了，他被弄得一頭霧水，只好繼續和她對話以釐清狀況。

「不然咧！這就我姊之前用過的頭像啊，妳不是說這人是妳的老朋友？」

現在是怎樣？兩人心中都有同樣的想法。

「可是我朋友叫林凡啊！」顏未縭不懂究竟是哪個環節出錯了，不過還是決定先堅持這是她朋友，並一口咬定照片上的女生叫林凡。

「林你媽，我姊叫范東怡啦！」范西不知道顏未縭到底在唱哪齣戲，翻了個白眼。

顏未縭的腦袋混亂得無法繼續回訊息了，她覺得自己若不先弄清楚是怎麼回事，她等等絕對會語無倫次。

有什麼可能會導致這種情形？是方寅衍從頭到尾都在騙她？是林凡其實是網友，

這個名字是暱稱，只是方寅衍不好意思說？

這不可能，太瞎了！而且網路上的方寅衍無聊到不行啊！

還是……林凡用的是朋友的頭像？可若是這樣，方寅衍不可能會不曉得。

或者林凡是范西他姊失散多年的雙胞胎姊妹？算了吧，如果真有這麼扯，念同一個系也早該相認了吧！

既然頭像一模一樣，就說明事實更可能是——范東怡等於林凡。

當家教用假名雖然不算常見，顏末縭也還能理解，但是都談起戀愛了還……想到這裡，顏末縭瞬間起了雞皮疙瘩。

顏末縭已讀了大概兩分多鐘仍沒有回應，於是范西嗤了一聲，打算去回另一個人的訊息。

就在他準備跳出聊天室的那一刻，顏末縭突然傳來訊息，而且訊息內容的震撼力強到他無法忽視。

「她好像是方寅衍的前女友，他會叫別人不要跟他告白，也是跟你姊有關。」

靠！范西罵了出口，一時不能接受這意料之外的劇情走向。

顏末縭應該不至於故意騙他，畢竟他們沒什麼深仇大恨，所以這話是真的？

他下意識地輸入了「幹這到底三小？」又很快刪掉，琢磨著該從哪裡問起才好。

顏末縭傳完訊息，見到對方的狀態斷斷續續地顯示「正在輸入中」，她長嘆了一口氣。

她糾結了許久，雖然明知范西對方寅衍抱有一定的敵意，可若要繼續深究也只能從他這裡下手了，所以她決定坦承自己想找林凡的目的。

而范西也在糾結該要怎麼回應，他反覆打了又刪，最後只故作冷酷地留下一句「我沒興趣關心我姊的情史」在輸入框。正當他準備傳送出去時，卻再度被顏未緺拋來的大八卦給嚇得頓住了。

「你姊似乎是方寅衍國三時的家教，那時候她自稱林凡，他們談了戀愛被方爸抓到，於是你姊就主動斷了聯絡，方寅衍想找到她，我現在也在幫他找。然後我最好奇的是，爲什麼都談戀愛了，她還是沒說出自己的眞名？」

靠，不要突然深夜大爆料好嗎？

范西快崩潰了，早上他們還互看不順眼，結果現在顏未緺居然對他坦白到這個地步，這也太超展開了吧？

「我也不知道啊！」范西實在極少用驚嘆號表達崩潰，而不是表達髒話。

顏未緺也很想像他一樣丟下一句「我也不知道啊」就放棄，可是她不能，她發誓過要替方寅衍找出答案。

此刻，她離眞相只差一步了。

「那你幫我問問嘛！你不好奇嗎？」

顏未縭用上了池詩雅當初誘引她的那句話。

這句話果真有效，都說好奇心能殺死一隻貓，套用在人身上大概也是同理。

「但我不曉得要怎麼問我姊啊！」范西這句話背後的意思是——幹，超好奇的啦！方寅衍欸！那個傷了池詩雅的心的校草！比起他姊，他更好奇的是方寅衍的情史啊！

發覺對方上鉤了，顏未縭馬上給予建議：「你問她之前有沒有和方寅衍交往過啊！你就說方寅衍是你的好朋友，他看到你姊的照片後，發現你姊正是他前女友，所以跟你說了他之前和她交往的事，你再追問你姊為何要謊稱自己叫林凡。」

好在范西和他姊關係尚可，他思考了幾秒，認為這方法還算可行。

「我幫妳問這些有什麼好處嗎？」

雖然范西十分心動，立刻就想上門質問自己的姊姊，但他還是不忘和顏未縭討價還價。

顏未縭心裡暗罵一聲，苦思了起來。

她是向范西爆了個大八卦沒錯，可他確實沒義務幫她探問。換作是她恐怕也不想去問，誰知道范東怡會不會翻臉？

「你還喜歡池詩雅嗎？我幫你撮合撮合，讓你跟她去看電影？」

顏未縭突然想起范西當初是為了池詩雅，才會去找方寅衍麻煩，所以這提議對他而言應該滿誘人的。池詩雅想了解方寅衍為何拒絕別人對他告白，她正好能夠以眞相作爲交換，要池詩雅答應和范西一起看電影。

看了訊息，范西一怔，有些惱羞地回覆：「誰跟妳說我喜歡她的？」

「你那時候特地來找方寅衍嗆聲，不就是爲了幫池詩雅說話？」有戲、有戲，顏未縞明白自己肯定說中他的心思了。

范西腦筋動得很快，迅速反駁：「誰說幫忙講話就一定是喜歡對方？妳當初不也幫方寅衍講話嗎？妳喜歡他？」

「對啊。」即使不太想讓范西知道，不過如果這樣能讓他閉嘴，她願意選擇承認。

范西頓時無語了。不要那麼開誠布公好嗎！

躊躇了幾秒，他還是忍不住回了一句：「妳認識池詩雅？」

「認識，熟得咧！一定可以幫你約到，你信不信？」其實顏未縞並不認爲池詩雅會乖乖就範，然而爲了讓范西答應，她只好先誇下海口了，反正總會有辦法的。

范西心中一陣激動，指尖因壓抑不住的喜悅而狂抖著。爲了維持形象，他裝作自己答應得勉爲其難：「好吧？」

此話一出，兩人瞬間成了站在同一陣線的戰友，范西從床上跳起來，闖進了范東怡的房間準備展開逼問。

只要范西成功問出來，范東怡用假名的這個謎團就能解開了。

只是顏未縭沒有因此安心多少，反倒依舊思考這件事思考到輾轉難眠。

究竟在什麼情況下會讓范東怡談戀愛還要用假名？

不，應該先想想，什麼樣的情況會讓一個人需要用到假名？

顏未縭自己只在網路上使用假名，至於現實生活中的話，她大概只有某次在參與的夏令營中擔任活動隊輔時，用了「胃炎」這個暱稱，因為她的名字倒過來念很像「你胃炎」。

之所以需要使用暱稱，是為了保護隊輔的私生活不受打擾——

難不成，范東怡是不想被打擾真正的生活？

顏未縭隱隱感覺事情有些不對了。

煩惱了一個晚上，顏未縭本來想跟方寅衍討論自己的猜測，可是當他們並肩提著籃子去倒紙類回收物時，她突然覺得自己什麼都不能跟他說。

顏未縭微微蹙起眉頭想著，連她得知林凡其實是個假名時都倒抽了一口氣，更遑論方寅衍？所以還是先保密好了。

她心不在焉的模樣被方寅衍察覺了，他從剛才就發現顏未縭拿著籃子的手沒出什麼力，像是根本沒把心思放在上頭，所以他抽走了籃子，想測試她會不會注意到，結果她居然毫無所覺。

他很少見到顏末縭這麼心神不寧，她連告白失敗都能很快就面色如常，究竟是什麼樣的事困擾著她？

方寅衍沒意識到，自己竟是如此關心她的情緒。

顏末縭率先爬上了樓梯，而方寅衍隔著一小段距離走在她後面，直到顏末縭踏上兩道樓梯之間的平臺，方寅衍緊抿著的唇才鬆開：「妳……怎麼了嗎？」

聞言，又往上爬了幾階的她回過頭，目光有些閃爍地俯視著單手提著籃子、仍站在平臺上的他。

兩人對視良久，正當顏末縭欲開口回答時，忽然有個人氣喘吁吁地從樓上的轉角處出現，一見顏末縭就激動地大喊：「馬的！終於找到妳了！顏末縭，我昨天問了我姊——」

「噓！」

顏末縭乍聽聲音就認出了來者是誰，她扭過頭衝著對方「噓」了一聲，結果腳下只踩到臺階的邊緣，整個人頓時向後一倒。

她下意識緊閉起雙眼，這不是她第一次在學校爬樓梯時踩空了，上回她不僅跌了個狗吃屎，尾椎還差點受傷，直到現在仍記憶猶新。

騰空感讓她忍不住伸出雙手向前胡亂抓握，然而什麼都沒抓到，她的內心絕望無比，以為熟悉的疼痛又要再次襲來時，卻跌入了一個溫暖的懷抱。

一雙手緊緊摟住她的腰，彷彿要將她箍進懷裡似的用力，她險險穩住腳步，背撞到了對方的胸膛上。

「沒事吧？」略帶焦急的嗓音從耳邊傳來，顏末縭側過頭去，鼻尖正好碰上方寅衍的鼻尖，兩人在極近的距離下對上了眼。

看著他眼中的憂慮、感受到鼻尖相觸的搔癢，顏末縭的臉瞬間炸紅了。

方才見顏末縭從樓梯上跌下來，方寅衍立刻丟下手中的籃子，反射性衝過去張開了雙臂，而她在慌亂間抓住他的手，如今他們兩人呈現出極其曖昧且親暱的姿勢。

「沒事……」

顏末縭此刻的聲音如蚊鳴般微弱，深怕自己一不小心就會吐氣在他臉上。她掙扎著想起身，可若方寅衍不後退、不放手，她也無法動彈。

回過神後，方寅衍的體溫和橫在她腰上的那雙手存在感更加強烈，她別過了自己緋紅的臉。

確定她找到了落足點，方寅衍這才放開一隻手，並將那隻手撐在扶手上，另一隻手則協助她站穩。

「謝謝。」顏末縭滿臉羞愧，因為她發現自己離開他的懷抱後，第一個念頭竟是——還會有下次嗎？

怎麼可能會有下次呢？但至少有過嘛！她如此安慰自己。

……沒有下次了吧？

同一時間，方寅衍心中也浮現同樣的念頭。他耳尖一紅，爲此感到不太自在。

范西在一旁都看傻了，硬是被閃瞎的他開始懷疑昨天顏未縭說喜歡方寅衍，到底是她單戀，還是指他們在交往的意思？

可惡，能不能把交換條件改成叫池詩雅跌倒讓他接住啊？

「啊不就好浪漫。」范西不禁脫口道。

這下方寅衍也注意到范西了，他皺眉回想了下，卻想不起范西剛剛是說了些什麼，才導致顏未縭那麼吃驚。

顏未縭轉過身去，她瘋狂眨著眼睛，試圖用嘴型向范西示意先不要說。

可惜范西沒有那個慧根，再次看見顏未縭的臉，他只記起了自己本來要說的話，於是又激動地嚷嚷：「對啦！我昨天問過我姊了！妳知道怎樣嗎？她居然……」

就叫你閉嘴了啊笨蛋！

顏未縭情急之下三步併作兩步衝上樓梯，然而在這短短的時間內，她完全沒有想到什麼好方法可以堵住范西的嘴，唯一考慮到的就只有她不想直接碰他的嘴唇。

所以她用兩隻手擠壓范西的雙頰，他的嘴巴被壓成了有些滑稽的O字型，頓時只能吐出含糊的音節。

「就叫你等一下再講！這裡人很多！」顏未縭一字一字咬牙切齒地說，范西聞言拚命地張口反駁：「多個屁！這個樓梯間只有三個人！放開我！」

「總之等一下再說！」顏未縭仰起頭，惡狠狠地威脅。

「幹！好啦！反正不現在聽是妳會後悔！」范西恨恨地妥協了。

被冷落的方寅衍不禁抿起唇，見顏未縭捧著一個他不認識的男生的臉，兩人還一副很熟悉的樣子，似乎有什麼共同祕密，他的心裡便升起一股異樣的煩躁。

「你們講吧，我先回教室。」

方寅衍冷冷表示，顏未縭所謂的「人很多」，指的多半是還有他在場，所以他提起籃子爬上樓梯，與他們擦肩而過。

顏未縭一愣，不明白方寅衍身上怎麼突然就帶了點戾氣，不過方寅衍走了也好，她就不用為剛才的擁抱害臊，范西也可以講原本要說的事了。

「我可以說了嗎？」范西急急問道，他實在很想趕快分享這個勁爆的消息。

「可以！快！」

噹噹噹噹……

上課鐘聲響起，可見范西一副急不可耐的樣子，讓顏未縭也跟著急了起來。她不管什麼上課鐘聲了，她寧願被記遲到，也要現在立刻馬上就知道眞相！

「我說了喔？」范西反而有點遲疑了，他還想給自己一點時間做心理準備。

「說！」顏末縭卻不給機會，急迫地催促范西。

「我——」范西深吸一口氣，表情猙獰得像是真的缺氧了一樣，看得顏末縭也跟著屏住呼吸。

「我姊說，她只是玩玩的！」

聞言，顏末縭瞠目結舌，因著急而半舉起的手緩緩垂落。

什麼？

「我們昨天吵到我爸媽都來關心了！我照妳講的那樣問她，她一開始一直說關我屁事，完全不回答我，所以我對她吼說方寅衍是我的好朋友，她才暴怒回我，說她當家教時談的感情都是玩玩的，才會用林凡這個假名……」

講到後來，范西也不曉得是氣到無力了，還是爲自己姊姊的行爲感到心虛，聲音越來越小。

聽完整段話，顏末縭愣住了，心神宛如飄到了很遠很遠的地方去，整個人有些恍惚。

「你確定嗎？」

她只能吶吶反問。

「她自己這樣說的啊！她還承認她是因爲方寅衍長得好看，所以才跟他交往，被他爸發現正好讓她有分手的理由……幹，有夠垃圾啦！我跟妳說，她都是晚上七點左右回到家，算起來差不多是六點會到欽理大學的公車站等公車，妳可以摺人去打她沒關係！」

相對於顏未縭的茫然，范西顯得相當憤慨。

雖然他對方寅衍沒什麼好感，但同樣身為男人，他覺得自己姊姊這樣糟蹋方寅衍的一片眞心實在可惡至極，於是才乾脆把范東怡的行蹤出賣給顏未縭。

范西這氣急敗壞的一席話，顏未縭不想聽得太清晰，可是卻偏偏字字入耳、句句鑽心。

她只是玩玩的。

她只是因爲他長得好看才跟他交往。

良久，顏未縭緊咬住唇瓣，無意識地搖了搖頭。

「報告……」

顏未縭極少上課遲到，不太確定要怎麼在上課期間進教室，她敲了敲門，半彎著腰探進了教室內。

當全班同學的視線都膠著在她身上的時候，只有方寅衍瞧見了從窗外跑過去的范西。

「去哪了？」數學老師曉得她平常是個上課認眞的學生，沒怎麼刁難她，只是例行性地問了這麼一句。

「我、我、我去倒紙類回收……」面對溫和但一板一眼的數學老師，顏未縭也不知道該怎麼解釋自己的遲到，只好勉強找了個藉口。

頓時，同學們和老師都把視線移到了跟顏未縭一起去倒回收物的方寅衍身上。

「剛剛走到半路時，我們不小心把東西灑出來了，我拿著籃子裡剩下的紙類先去回收，顏未縭留在原地撿灑出來的，所以才比我晚一點回來。」

方寅衍轉了轉筆，假裝漫不經心地替她圓了謊，甚至還把自己講成那個比較不負責任的人。

「這樣啊，方寅衍，下次要兩個人一起撿，知不知道？」數學老師叮嚀了一句就放顏未縭進來了，她感激地對他小聲道謝，而他只是輕輕應了一聲。

這堂課，顏未縭完全無法專注，畢竟才剛得知那麼驚人的眞相，誰能夠專心上課？

忽然，她想起前陣子在網路上搜尋「不要跟我告白」這句話時，曾看到一個被家教欺騙感情的苦主。

她吞了吞口水，左顧右盼了一會，見有一、兩個同學戴起了帽T的兜帽，用無線耳機聽著歌，於是也緩緩從口袋中掏出手機。

沒辦法，這堂課她眞的上不下去了。老師對不起，她這輩子要第一次在上課時滑手機了！

察覺到身邊人的動靜，方寅衍皺眉看著她將手機藏在桌子底下，兩手手指正快速移動著，似乎急於查找什麼。

到底怎麼了？她今天眞的很不對勁。

方寅衍嘆了口氣，爲了不讓老師也跟著發現顏未緗的異狀，他只好把頭轉回去專心上課，繼續在便條紙上抄寫算式。

我和我的家教年紀差了不少，但是我對她很認眞，沒想到她卻說她只是玩玩的，叫我不要跟她告白……

有了，就是這個！顏未緗激動地點進去，結果情況果然頗爲相似，像是女方常常對男方說「我喜歡你」、接案的家教網站相同……

她的心越來越冷。

底下有不少人留言要發文者公布那位家教的名字，避免其他人受害，發文者一開始說不想侵犯別人隱私，說不定那個女生只有對他這樣而已，可是最後他終究擋不住眾人排山倒海的抗議和諷刺，在很後面、很後面，要努力一直往後刷新頁面才看得到的地方，他留了這麼一則留言——

她的英文名字叫Yvonne，姓林，LINE頭像是背光的側臉照，在那個家教網站紅過一陣子。有遇過的人應該很清楚……

顏未縭的臉龐逐漸失去血色，心裡一陣犯疼——是爲了方寅衍而疼。

「顏未縭。」

一道聲音把她從怔忡中拉了回來，她抬起頭，發現講臺上的數學老師表情無奈。「上來解這道題。」老師指了指黑板上的算式，好在黑板上有寫題號，顏未縭看向自己的講義，讀過題目後卻發現自己不會解這題。

她沒聽老師講解這個題組的第一題，後面的題目自然也不可能會了。

她的額頭冒出了冷汗，這時，一張便利貼拍上她的膝頭，她轉頭一看，只見方寅衍的眼神略顯緊張，卻又像在看白痴似的，以嘴型對她無聲說：「趕快上去！」

她迅速站起身，將講義立了起來，並將便利貼悄悄黏到書頁上，在班上同學們難得的注目禮下走向講臺，滿心愧疚地拿著一整頁全是空白，唯獨黏了那張便利貼的講義開始解題。

完美地寫完算式，她扯著尷尬的笑容望向數學老師，而老師皺了皺眉，瞟了眼低頭寫著另一張便利貼的方寅衍，又把目光移回來，朝著她小聲說：「這次就算了，以後別再犯。」

「謝謝老師！」獲得赦免的她華麗麗地雀躍一跳，奔下了講臺，引來班上同學的哄堂大笑。

只有她自己知道，此刻她的心情無比複雜，一方面爲林凡的謊言而心寒，一方面又爲方寅衍對她伸出援手而竊喜。

等她回到座位上，方寅衍還悄聲叮囑她：「手機收起來。」

她的心中忍不住泛起了一絲甜。

Chapter 5 追蹤？追求？

「顏未縭。」走在前往校門口的路上，方寅衍喚了她的名字。

「啊？」她張著嘴回過頭，還處在神遊的狀態。

今天放學時，陳梧靜說她加入的手工藝社突然有聚會，便留了顏未縭一個人自己回家。

她慢吞吞地收拾好書包、慢吞吞地走出校門，而方寅衍亦步亦趨地跟在她身後，也不確定她究竟有沒有察覺。

當然是有的。

顏未縭一直都知道他跟在後面，可是她難得地不想主動向他搭話。

「妳今天怎麼了？」他停下腳步，神情認真，話語裡頭帶著關切和微不可察的擔憂。

聽見他的關心，顏未縭跟著佇足，卻仍舊悶悶不樂地低著頭不看向他，尾端往內微彎的髮絲隨之垂落至胸口。幾個經過的人見他們兩個相對無言，都不禁多瞄了幾眼。

微冷的風吹得樹葉沙沙作響，一片飛來的葉子刮過顏未縭髮絲間露出的脖頸，使她皺了皺眉。

「怎麼了？」方寅衍又問了一遍，顏未縭所表現出的疏離態度，讓他不由得朝她走近幾步，想不到他每靠近一步，她就倒退一步。

像是被她的反應刺傷了，他的呼吸一滯。

顏未縭也被自己反射性的動作嚇了一跳，她不再倒退，但也沒有再往前。

總是被人視爲天不怕地不怕的她，此刻卻退縮了——爲了不傷害方寅衍而退縮。

「到底怎麼了？」見她不再後退，方寅衍趨前了好幾步，直到來到她面前不足半尺處，能夠藉由身高優勢由上而下看著她。

面對他的視線，顏未縭依舊搖搖頭，就跟她聽了范西問出的眞相後的那個搖頭一樣。

一陣風從兩人之間颳過，方寅衍終於忍不住了。

他伸手捧起她的臉，在她露出驚愕的表情時，抬起右手將她散落頰邊的髮絲朝一旁撥開，並挽至她的耳後。

他的手指劃過臉頰、勾住耳朵的感覺太過眞實，使她心跳不已，又使她苦澀無比。

「不要這樣。」不喜歡我就不要這樣。

顏未縭鼻頭一酸，她大概眞的很喜歡方寅衍吧？否則她不會心甘情願地幫他找前女友，找到了還怕他受傷而不想告訴他；也不會連被他捧住了臉頰，都能幸福得想哭。

聞言，方寅衍嘆了口氣，彎下身與她平視，「妳可以捧那個男生的臉，爲什麼我就不行？」

她意識到他說的是范西，但她不明白方寅衍提及范西的用意，所以只能眨眨眼睛反駁：「因爲他有事要告訴我，可是我不想要他在那個時候說。」

方寅衍頓了頓，跟著照樣造句了一回，語氣僵硬卻不失溫柔：「妳現在也有事要告訴我，我……想要聽妳說。」

我想要聽妳說。

顏末縭怔了。

方寅衍，你知道你都這麼說了……你喜歡的人卻還不是我，眞的很過分嗎？她心情複雜地直視著他的雙眼。

他捧著她臉龐的親暱舉動，使更多人注意到了他們，好半晌顏末縭才終於認清，她若不說，他是眞的不會罷休的。

「我怕……你會受傷。」

忍著心酸說出口的瞬間，顏末縭突然覺得這句話有些耳熟。這不正是她要去告白前，陳梧靜對她說的話嗎？而她則是回了——

「要不要受傷，也該由我自己決定吧？」

她微訝地抬頭，方寅衍講完這句話便鬆開了手。

他總算懂了，原來她一直悶著不說是因爲他。

雖然他很感謝她的體貼，可如果她掖著的是林凡的去向，他寧願她坦白地告訴他，讓他自己決定要不要去找林凡。

他後退半步，這才覺得掌心發燙。

原來他們兩個如此相像啊……顏未縭不禁感嘆。

方寅衍肯定沒有想太多，就如同她當初決定告白時那樣，可是事情沒他想的那麼簡單啊！

她到底該不該說？

顏未縭掙扎了半天，最終心一橫。她應該尊重方寅衍的想法，即使這會使方寅衍心痛，大不了就讓她陪著一起痛吧。

「她的本名不叫林凡，她叫做范東怡，是那個男生的姊姊。」

方寅衍一時反應不過來，蹙起了眉，而顏未縭決絕地繼續說下去：「范西……就是那個男生，他幫我去問了他姊，結、結、結果……」

她的下一句話，切切實實地將方寅衍擊沉了。

「她說她只是玩玩的，所以才會用假名。」

顏未縭的胸口隱隱作疼，她凝視著方寅衍的臉，看著他微張唇瓣、緩緩顫抖起來。

她知道，這肯定很難讓人接受。

「不可能。」果然，方寅衍怔怔搖著頭退後了幾步，嘴上雖然這麼說，但他心裡明白顏未縭不會騙他。

林凡……范東怡……只是玩玩的？

他的腦中混亂無比，完全無法接納這個事實。

和林凡之間的回憶霎時浮現，兩人在一起嬉笑、擁抱、親吻，那一聲聲甜膩的「我喜歡你」猶在耳邊……他始終執著地守著這些回憶，如今全都成了笑話。

「是真的，你可以……等一下六點時去欽理大學的公車站找她。」顏未縭低聲回應。

怒火壓抑不住地升起，方寅衍咬緊了牙，眼裡閃著痛苦、慌張和憤怒。

他發現自己生氣的對象竟是林凡，因爲他無法不相信顏未縭。

原來，他對顏未縭的信任早已超乎自己的想像，甚至更勝他對林凡的感情。

顏未縭看見了他眼中閃動的怒火，抿了抿唇，心裡隱隱升起一絲害怕。

她很怕他會突然暴怒著說他不相信她，是她在說謊。如果她費盡心思幫他找到了林凡，卻在坦白眞相後被質疑甚至斥罵，那——

「我知道了。」

方寅衍嗓音微啞，低下了頭，擦過她的肩膀直直向前走。

他選擇去見林凡一面，自己去確認這個答案的眞僞，自己……去了結這段感情。

但顏未縭不清楚他的打算，只能愣愣地目送他遠去，垂在身側的雙拳逐漸收緊。

方寅衍悶頭走著，卻不知爲何越走越心慌。

顏未縭……會怎麼想？這個念頭促使他在走出校門口後，又急急折返。

可是她已經不在原地了。

方寅衍只好又前往公車站，心慌意亂地搭上了公車，順利在五點五十分的時候抵達了欽理大學。

事實上，他來這裡尋找過林凡，只是時機一直不對——都不是晚上六點。

公車站的人不少，他下了公車就四處張望，想要找到林凡的身影。

站在微涼的夜風中，他還是有點不願接受這就是眞相。

爲何范西沒有懷疑他姊是在打發他？爲何顏未縭會輕易相信范西？爲何他會相信顏未縭？

這時，一對情侶撞入他的眼簾，令他停下了張望的動作。

爲何他當初會相信林……范東怡？

那個他思念了許久的女孩，就在他眼前吻上別人的臉頰，方寅衍腦中的各種疑問盡數消散，只剩下對范東怡的質疑。

她算什麼？他爲她而說的「不要跟我告白」到底又算什麼？

方寅衍掏出手機，狠狠地將上頭掛著的吊飾一把扯下，接著提步繞到他們身後，僵硬地拍了拍她的肩。

范東怡扭過頭，她的男友也是。

方寅衍並不開口，他只是冷冷盯著她的眼睛，直到她眼裡浮現恍然大悟和厭惡的情緒。

「請問怎麼了嗎？」她笑著主動開口詢問，語氣裡並未洩露一絲兩人相識的蛛絲馬跡。

方寅衍冷笑了下，也如她所願裝作自己只是個路人，將閃亮的水鑽吊飾舉到了她眼前。

「不好意思，這好像是妳掉的東西？」

「不是喔？你可能看錯了。」范東怡的眼裡沒了笑意，但嘴角仍是上揚的，抓著自己男友胳膊的手緊了緊。

范東怡的男友顯然也察覺到氣氛不對，他狐疑地來回瞧了瞧兩人，保護似的伸手摟住她的腰，宛如要宣示主權。

方寅衍多想告訴這男的，他也這樣摟過她的腰、她也那樣親過他的臉，然而如今她卻像對待一個陌生人一樣對待他。

不過，他今天不是來說這種話的。

「是嗎？那這應該就只是個垃圾吧。」方寅衍的嘴角勾起和她同樣虛假的微笑，手一鬆，水鑽吊飾直直穿過地上水溝蓋的縫隙，撲通一聲墜入汙濁的水裡。

他毫不留戀地轉身就走，只聽到身後傳來帶著嗤笑的一句：「神經病。」

回到家，方寅衍打開冰箱，被他吃到剩最後一塊的檸檬塔擺在裡頭——顏未縞親手做的那個。

他以前從不收別人給的告白禮物，就算對方是匿名贈予，他也會選擇轉送給其他人。

但顏未縞不是以告白禮物的名義送的，後來他又因爲前女友的事被她罵了一頓，根本沒機會去多想關於這個檸檬塔的事。

不過這確實是告白禮物沒錯吧？班上其他人似乎並沒有收到顏未縞做的檸檬塔。

他還是吃了，檸檬塔的味道意外的不錯。雖然他怎麼吃都覺得挺像周子雲的手筆，特別是塔皮的部分。

方寅衍考慮了一下保存期限，最後決定將最後這塊塔拿出來吃掉，他擔心再不吃可能就要壞了。

他把檸檬塔拿進書房，坐在書桌前一口一口享用，腦中不自覺地想像起顏未縭製作這個塔時的情景。

既然吃起來味道不差，說不定她意外地很懂得烘焙，輕輕鬆鬆就完成了？還是，她其實也是手忙腳亂地失敗了好幾次才成功的？

想到這裡，他的嘴角漾起一絲微笑，這個發現自己受騙、拋棄了過往感情的悲慘夜晚，頓時變得不那麼難熬了。

❤

在方寅衍去找范東怡之後，顏未縭調頭前往了手工藝社的教室。

陳梧靜正好結束了聚會，抬起頭便看見站在門口的她。顏未縭的表情沉重得像是有千言萬語要訴說，然而當陳梧靜走近後，她仍不發一語。

陳梧靜也沒過問，只是伸手抱住了她。

顏未縭的眼淚瞬間滑下。

告白失敗沒哭、得知他拒絕告白都是爲了某個女人沒哭，可是眼下她卻哭了。

她說過，她寧願輸給一個比她好上千百倍的人，也好過只是敗給回憶。

可是，最終她竟是輸給了一個比她爛上千百倍的人，而且還是因爲那個女人帶給方寅衍的美好回憶。

眞他媽諷刺。

方寅衍那句「我知道了」多半是指——好，他了解范東怡的去向了，所以他這就要動身去挽回了。

若不是如此，他不會馬上轉身就走。

他的離開所帶來的失落，也讓顏未縭發現自己其實一直都在期待些什麼。

期待他就算找到了林凡，也能繼續和她保持友好關係？期待方寅衍能在和她朝夕相處後，慢慢喜歡上她？期待他終有一天會對她說「不必找了，我覺得我現在更喜歡妳」？

期待他、期待他、期待他……期待個屁。

她覺得，她應該永遠都成爲不了付出後能不求回報的人。

❤

隔天早上，顏未縭完全不願直視方寅衍。

除了因爲不知道自己該用什麼表情來面對他，也是因爲她害怕他會在兩人對視的那一刻告訴她，「這是一場誤會，我和她已經復合了」。

她肯定會馬上抓狂翻桌。

令人慶幸又有一點點不捨的是，班導突然宣布今天要換座位。

「接下來我會把座位表寫在黑板上，同學們可以開始移動了……」這是班導進教室後的第一句話。

對於這個毫無預警的消息，全班幾乎是哀鴻遍野，畢竟大家和自己隔壁的同學從十一月底就同桌到現在，大多都有不錯的感情了。

方寅衍早已發現顏未縭都不看自己，見她一臉疲倦和無精打采，於是他自動理解爲顏未縭昨天沒睡飽。可此時班導都說了要換座位，她卻仍不看他一眼，逕自起身準備收拾東西，這就有些奇怪了。

他正要向她搭話時，她剛巧從抽屜搬出了一大疊書，轉身離開了座位。

接著，又有同學來到方寅衍的座位放東西，並問他怎麼還沒開始動作，他只好無奈地將視線移向黑板，確認自己的新座位在哪，確認完又瞄了瞄顏未縭的新同桌是誰，結果是周子雲。

換了新座位，無論是上課時看黑板的視角，或是同桌的同學都改變了，總是需要一些時間適應。

不過周子雲倒是無所謂，因爲他的位子只往前移動了一個，而他和顏未縭也算是挺熟，只是她看起來明顯非常悶悶不樂。

「臉色幹麼那麼難看？很不想跟我坐在一起？」他敲了敲她的桌子。

多數同學都還在忙碌地到處走動搬著東西，僅有顏未縞和周子雲已經換好了位子。

聞言，她嘆了口氣，「沒有啊，大概只是昨天有點沒睡飽吧。」

話是這樣講，但她的語氣全然不是這麼一回事，儼然就是心事重重的樣子。

看她不想多做解釋，周子雲心念一動，從自己的袋子裡拿出一個玻璃保鮮盒，試探著問：「那妳要吃檸檬塔嗎？妳叫我教妳做的時候，不是說妳很喜歡吃？」

方寅衍經過的時候，正好聽見周子雲這句話，頓時皺了皺眉。

「好啊好啊！」見到熟悉的檸檬塔，顏未縞忍不住想念起了那酸酸甜甜的滋味，心情跟著雀躍起來。她接過玻璃盒和周子雲給的湯匙，漾開了一抹燦爛笑容，「謝謝！」

她打開盒子，毫不客氣地挖下一口送入嘴裡，表情滿是幸福，心中的煩惱似乎一剎那就消失無蹤。

顏未縞叫周子雲教她做檸檬塔？方寅衍的耳朵精確地捕捉到了這句話，在兩人座位前幾尺的地方停步。

他是怎麼教的？方寅衍不禁想像起顏未縞和周子雲並肩站在廚房內，有說有笑地製作甜點，或許是在周子雲他家的店裡、或許是在顏未縭家裡……

此外，他也聯想到昨天他在家中吃掉最後一塊的檸檬塔。

原來……那並不是專屬於他和顏未縭之間的回憶。

看著顏未縭對周子雲綻放出今天的第一個笑容，一股酸意從他的心底慢慢升起。

他重重踩著腳步走到新座位，鄰桌的女生見狀，立刻喜悅地向他打了招呼：「嗨，從今天開始我們……」

然而方寅衍轉身就走，回頭去拿自己剩下的物品。

被如此冷淡地忽視，那女生表情一僵。她看方寅衍和顏未縭似乎滿處得來的，還以為他變得好相處了點……

原來並沒有嗎？只有顏未縭是特例？

思及此，她無奈地摸了摸鼻子，聳聳肩。

「咻！」這是這堂體育課上，來自方寅衍的不知第幾個殺球。

郝靳軒長嘆，再次彎腰撿起那顆被蹂躪得開始掉毛的羽毛球，搖頭碎念：「你在氣屁喔？不能正常地打嗎？」

他不曉得方寅衍是哪根筋不對，為什麼打個羽球要一直虐待他？不能好好玩嗎？

但方寅衍壓根沒管他抱怨了些什麼，視線停留在正輕鬆對打的顏未縭和周子雲身上。

稍早，體育老師一宣布今天的課堂要進行對打練習，陳梧靜就直接被她的新同桌拉走了，留下傻眼的顏未縭和站在她身旁的周子雲。

「那……妳要跟我一起打嗎？」他遲疑地開口。如果他不問，似乎有點不近人情，雖然問了又好像有點尷尬。

好在顏未縭一如往常那般落落大方，輕快地答應了他的邀約。

「好啊。」

他們在體育館內找了塊沒被占據的空地，很快開始練習。顏未縭或伸直手揮拍、或微微彎身以反拍回擊，動作輕盈，周子雲將球的方向和力道都控制得很好，使她打起來毫無壓力。

顏未縭又回擊了一顆球，嘖嘖稱奇：「你還滿會打的耶！」

周子雲輕輕躍了起來，手腕一壓，將羽毛球打回顏未縭跟前。

「我羽球社的啊，妳不知道嗎？」他疑惑地反問。

顏未縭再度俐落地把球擊回，聽了他的回答，她不禁失笑，「誰會特別記班上同學是什麼社團啦！」

「我啊！像我就知道妳是管弦社的。」他理直氣壯地說，顏未縭頓時有些驚奇地睜大眼睛，不小心漏接了球。

她用球拍將掉落在地的球挑起來，拿在手裡平舉，另一手持著球拍準備發球。

「厲害，那陳梧靜是什麼社團？」球發了出去，顏未縭饒富興味地考起周子雲。

他一愣，也漏接了球。

當球啪嗒落地時，他扭了扭脖子，猜測道：「空手道社？」

「空你媽啦！」聽了這個差距十萬八千里的答案，顏未縭放聲大笑，「手工藝社啦！你這樣還敢說你知道大家的社團？你只是特別關注我而已吧！」

始終豎著耳朵偷聽他們對話的方寅衍怔住了，周子雲也是。

幾秒後，球場上同時飛出兩顆殺球，一顆是周子雲擊出的，至於另一顆，自然是某個正在偷聽的人又怒了。

「欸，幹麼這樣啦！開個玩笑而已！」見周子雲握緊球拍，似乎要認眞起來了，顏未縭連忙開口阻止。

周子雲哼了一聲，故意裝作自己被惹毛了，但其實他心裡並沒有表面上那麼介意，只是嚇嚇她而已。

「管弦社活動長了不起嗎？根本就不用辦任何活動吧。」他打出一顆較狠的球，嘴上順道奚落。

顏未縭一氣之下也回敬一記殺球，而後站在原地叉腰罵道：「靠！歧視屁？我告訴你，我們的成發絕對比你們的還要盛大好嗎？」

「是喔，那來比比看啊！妳要來我的成發嗎？」

「去啊！誰怕誰！」

「妳來啊！」

兩人的爭吵內容幼稚無比，與其說有火藥味，反倒更像無聊的情侶吵架。

另一方面，郝靳軒再遲鈍，此時也留意到方寅衍都在看哪裡了。

「靠，你不會在吃醋吧？」聽到顏未縭那句「你只是特別關注我而已吧」以後，他親眼目睹方寅衍臉色一沉，手上擊球的力道也更狠戾了些。

方寅衍沒有回答他的這個問題。

好可怕、好可怕……方寅衍眞的在吃悶醋？郝靳軒覺得自己渾身都起了雞皮疙瘩。

他跟著望向周子雲和顏未縭，只見周子雲滿臉笑意用各種球路捉弄著顏未縭，顏未縭則狼狽地努力接球，嘴上氣急敗壞地嚷嚷。

呃，如果他也喜歡她的話，的確是會滿嫉妒的啦……

「你那個前女友呢？」看著看著，郝靳軒突然想起了這件事。方寅衍之前不是表現出一副沒找到人就不會移情別戀的態度嗎？

「不重要了。」方寅衍終於開口回答，語氣平淡。

郝靳軒震驚得手一鬆，球拍落地。

「那你就是喜歡上她了啊！」

他不由自主地大喊出聲，引來不少人側目，也得到了方寅衍的一記狠瞪。

「兄弟，我覺得你真的喜歡上她了。」

「你看看，她今天不找你講話，你就心情這麼糟，不是喜歡是什麼？」

「她看起來也喜歡你啊！你遲疑什麼？」

打從體育課結束後，郝靳軒便不厭其煩地反覆慫恿方寅衍，走路講、吃飯講，放學還在講，雖然方寅衍始終沒有回應，郝靳軒仍不放棄。

一直到兩人要各自回家的時候，郝靳軒都還在繼續煽動。

「當局者迷、旁觀者清啦！我覺得你們兩個互相喜歡，信不信？」郝靳軒雙手搭上方寅衍的肩膀，認真地再次強調，「那就這樣啦，拜拜……」

他收回手，正要轉身離去，這時方寅衍總算開了金口。

「你怎麼會覺得她喜歡我？」

竟然不是問「你怎麼會覺得我喜歡她」，而是「你怎麼會覺得她喜歡我」？

要是郝靳軒知道顏未縭早就跟方寅衍告白過，方寅衍卻還這樣反問的話，肯定會馬上甩手走人。

「呃……你不是處女座的嗎？我之前看她限動發了一堆處女座和天蠍座的星座解析啊！而且她好像做了你喜歡吃的檸檬塔？你有收到嗎？如果有，她就是眞的喜歡你了吧。」

郝靳軒回想著顏未縭在IG分帳發的那些限時動態，一條一條舉出來證明。

「她有發過嗎？」方寅衍蹙起眉，不是很確定地問。

郝靳軒只當他是少年痴呆，乾脆直接拿出手機展示給他看。一則則星座測驗、網路廢文，還有一篇製作檸檬塔的貼文就這樣映入方寅衍的眼簾。

「這不是她的帳號吧？」看完，方寅衍這麼說道。

郝靳軒往下滑著貼文的手指停下來，這才赫然發現共同追蹤者的那個欄位裡沒有方寅衍。

「幹，尷尬了！你沒追蹤她這個帳號？」難怪方寅衍剛剛一臉疑惑，原來是根本沒有追蹤！郝靳軒恍然大悟，而方寅衍湊近螢幕瞧了瞧。或許是他今天格外敏感，他只注意到周子雲也有追蹤顏未縭這個帳號。

他掏出自己的手機，開啟IG點擊搜尋欄位，輸入了這個帳號顯示的名稱——不想縭你。

看著他難得快了起來的手速，郝靳軒再次揶揄一句：「你果然喜歡她吧？」

方寅衍不再回答了。

方寅衍（yinyan0910）已要求追蹤您。

等等，這情況怎麼又來一次了？顏未縭的心臟差點沒被這則通知嚇到跳出來。

她不曉得方寅衍是怎麼找到她這個帳號的，但她想起了自己那數量破千的貼文中，大概有幾十篇都和方寅衍有關。

雖然方寅衍早就知道她喜歡他，她還是不想讓自己私下的花痴行徑暴露啊！更何況她還在氣頭上，他不是都選擇了范東怡嗎？還來追蹤她做什麼？

所以她不打算按下確認，就讓那個追蹤要求這樣晾一輩子好了。

顏未縭動了動手指，轉而點進她和池詩雅的聊天室，畢竟她答應了范西要幫忙約池詩雅，不能言而無信。

「我知道方寅衍爲何會那樣拒絕妳了！」這句話一送出，對方幾乎是在三秒內就讀取了。

「爲何？」池詩雅迅速回道。

「妳先答應我一件事，我就保證把事情從頭到尾告訴妳。」

「妳有資格跟我談條件？」

「有啊，反正我也告白被拒絕了，還怕什麼？」顏未縭已經看開了。

「這樣啊，眞慘。」果然顏未縭也是喜歡方寅衍的嘛！池詩雅既同情又幸災樂禍，「妳說吧，什麼條件？」

「妳認識范西嗎？」

「勉強。」

「那妳跟他去看場電影吧？理由我等一下就會告訴妳，因爲他也和這件事情有關。」

那個之前似乎向她示愛過的學弟？池詩雅皺了皺眉，爲了得知方寅衍的祕密，她仍舊同意了，「好吧。」

於是，顏未縭把事情的來龍去脈全盤托出，包括方寅衍和林凡相識並交往的原因、她自己意外透過范西得到線索，到范西他姊姊其實就是林凡，而且還是感情詐騙慣犯……她感覺自己彷彿又重新經歷了這一切。

而池詩雅只覺風中凌亂。什麼跟什麼？這也太瞎了吧！

原來方寅衍是這種痴情的人？那下一個跟他交往的女生眞是好運……雖然她已經不打算爭取這個機會了。

同時，她也意外得知了原來范西對她也是上心，不只幫她去罵方寅衍，還爲了和她看電影而幫忙顏未縭。

「時間地點什麼的，叫他自己來聯絡我。」

池詩雅留下這麼一句話就下線了，顏未緺還眞沒想到池詩雅會這麼好講話，不僅沒再多問方寅衍的過往，甚至乾脆地答應了和范西的電影約會。

於是，她立刻通知了范西。

「池詩雅同意了喔，她叫你自己去找她約時間。」

「幹！太感謝了！」范西秒讀秒回，還傳了一整排驚嘆號。

透過文字，顏未緺完全能感受到他的欣喜若狂，她笑著嘆了一口氣。

眞好，所有事情都解決了——除了她和方寅衍的關係。

翌日，顏未緺帶著無事一身輕、唯獨方寅衍令人煩心的心情去上學。

她到底該不該繼續喜歡他呢？雖然這也不是她自己能決定的事就是。

一進教室，她便見到郝靳軒站在那裡對方寅衍叨念著些什麼，而接受郝靳軒噪音摧殘的方寅衍也瞧見了她。

正當她以爲他們會相視無語的時候，方寅衍突然站起身，朝她走來。

他、他要幹麼？

那不容忽視的氣勢讓顏未緺一陣慌張，豈料，方寅衍說出的話竟是：「妳爲什麼不讓我追蹤？」

顏未縭不禁一愣，隨即笑了出來。

這人眞的也太沒有網路社交禮節的概念了，一般人不會當面質問這種問題吧？

「你覺得呢？」但一想到方寅衍那天拋下自己去找了范東怡，她的聲音就忍不住帶上了點冷硬。

顏未縭態度硬起來了！郝靳軒在方寅衍背後默默看好戲，就在此時，他的眼角餘光瞄到有個人走到了顏未縭身後。

「因爲你追不起啊，追不起就不要追了。」

周子雲眼裡帶笑，像在暗示什麼似的說，接著伸手一把揉亂了顏未縭的頭髮。顏未縭回過頭想斥責周子雲莫名其妙的行爲，正好錯失了方寅衍此刻的眼神。

方寅衍眼神一沉，瞪向周子雲揉完她的頭髮後，便一直放在她頭上的手。

「我怎麼就追不到了！」他腦子一熱，冷冷地放話。

周子雲頗感有趣地挑了挑眉，手慢慢地從顏未縭的頭上往下滑。

「喔？我說的是追不起，你怎麼自己改成追不到了？」他的語氣十足挑釁，調侃地問：「那麼生氣幹麼？你不會是聯想到另一個意思了吧？」

顏未縭原本一臉茫然，不明白方寅衍爲什麼要不高興，一聽周子雲說「另一個意思」，她才意識到，難道不是追蹤……是追求？

她臉龐一燙，渾然不覺周子雲的手正慢慢往自己肩上溜去。

他在方寅衍慍怒的注視下，將右手手肘壓在顏未縭的肩膀上，托起了她的腮，臉輕輕靠在她的頭側，左手則自然地勾住顏未縭的脖子。

然後他笑了，而方寅衍見狀立刻甩頭走出教室，郝靳軒也踉蹌地趕緊跟上。

察覺到自己被吃了豆腐，顏未縭狠狠用頭撞上周子雲的臉，在他吃痛而鬆手時怒道：「你幹麼啦！」

周子雲一臉無辜卻又忍不住笑意：「助攻啊。」

方寅衍被氣到了，他真的被氣到了。

他越走越快，郝靳軒還很不識時務地在他背後喊：「就說了！吃醋了吧！你喜歡她對吧？」

喜歡。

聽見這兩個字，方寅衍冷不防停下腳步，導致郝靳軒直直撞上了他的背。

剛才教室裡的那個畫面掠過腦海。

方寅衍毅然決然地轉過身，握緊了拳頭，咬牙切齒地喊：「對！我承認我喜歡！」

這句話迴盪在整條走廊上，所有人都朝這裡看來，看到的卻是方寅衍對著一個男生說「喜歡」。

莫名其妙被吼了這麼一下，郝靳軒連忙擺擺手，試圖安撫方寅衍，結果讓他們的對話更引人遐想了：「那個，阿衍，你不用那麼激動的……我都知道……」

喔，原來他都知道啊……

有的人露出意味深長的表情，有的人豁然開朗似的點點頭，和身旁的人竊竊私語起來。

這時，方寅衍愣住了，不過他愣住並不是因爲發現四周同學們的曲解。而是他發現，自己方才脫口而出的話是——他喜歡顏未縞。

他……喜歡她？

他的腦海裡閃過一個個和她有關的場景。

最初，她在教室裡暴吼著替他說話，攆走了那些來看熱鬧的人；接著，他們逐漸熟識，而他在準備園遊會的過程中不時戲弄她；後來，她做了檸檬塔向他告白，成爲第一個告白後還嗆他的女生，甚至表示要幫他找前女友……於是他慢慢信任起她，告訴了她許多從未和別人提及的往事。

方寅衍的呼吸變得紊亂起來。

一直到前陣子，她說怕他受傷，所以遲遲不對他說出眞相，而他終究問出了林凡的去向，將水鑽吊飾直直丟入水溝——

他對她的喜歡，是從決定放棄林凡的那一刻開始的嗎？是從她向他告白，而他猶豫著不知該怎麼回應她的時候開始的嗎？還是從更早之前開始的？

或許都不是，喜歡就像一場革命，革命的動機不可能是在發起的那一瞬間才出現的，而是持續醞釀了很長一段時間，可是意識到自己眞正的心意，只需要一秒鐘。

那顏未緺呢？她還喜歡他嗎？

只要想到周子雲將她圈進懷裡的畫面，方寅衍心裡就湧現一股酸澀，甚至還隱隱作疼，疼得他不禁屏住了呼吸。

她似乎從沒有說過，她幫他找到林凡後，是否還會繼續喜歡他。不，她根本沒有承諾過，在她告白被拒後，她還會繼續喜歡他——

方寅衍煩躁地吐了一口氣，掐了掐眉心，扭頭又走回教室。

原來先愛上的不一定是吃虧的那一方，眞正吃虧的，是直到很後來才意識到自己也喜歡對方的那一方。因爲無法確定對方是否已經改變心意，只能兀自乾著急。

「我的那段solo我想換歌。」方寅衍一在熱舞社的群組發話，已讀人數馬上迅速攀升，幾個學長姊紛紛表示訝異。

「下禮拜一就要成發了，剩不到幾天，你可以再練一首？」

「為什麼？我覺得你那首跳得還不錯啊！你是想改哪首歌？」

「別吧，你現在才開始練，能練得比那首完美嗎？沒時間啊！」

為什麼？因為顏未縞說過他跳舞很好看，所以她應該會喜歡他用跳舞來告白吧？

方寅衍忽略了那些試圖勸退他的人，只有些故意地回了那位問「為什麼」和「你想改哪首歌」的學長。

「我想改成〈Lover〉，我要跳給我喜歡的女生看。」

這句話徹底顛覆了所有人對方寅衍的印象，引發的迴響比剛才他說要臨時換歌時還熱烈，他的手機噹噹噹噹噹地直響，一瞬間就被男生們瘋狂的手速刷了好幾十則訊息。

「幹幹幹幹幹！」

「嗄？我有看錯嗎！」

「……我聽說你喜歡的是郝靳軒？」

「幹！小方方開竅了！馬的，直接用solo撩下去啊！」

「幹！有種！跳啊我支持你！」

「幹！傻眼！這樣閃的？」

「幹！對象是誰啊？幾壘了？」

不知是從誰開始的，大家很有默契地刷起一排整齊的「幹！」並附帶各種激賞和支持的發言，更不忘爭相詢問女主角是誰。

只有一個人非常不配合地沒有跟著刷髒話，而是一語道破答案：「顏未縞？」

方寅衍一愣，因爲說出正解的人是池詩雅。

「……妳怎麼知道？」他這麼問，等於承認了自己喜歡的女生就是顏未縞。

「拜託，我跟她熟的咧。」池詩雅誇大地說。好巧不巧，顏未縞也曾經這樣向范西謊稱自己和池詩雅的交情。

就說能有一個女生跟他關係好到這樣很難得了，方寅衍多半是會日久生情的類型，喜歡的女生怎麼可能是別人？池詩雅沒好氣地心想。

「幹！@詩雅 有屌到喔！」

「幹！@郝靳軒 你們不是同班嗎？趕快給我們那女生的IG啊！」

「幹！我好像知道是誰！她有追蹤我的樣子，我眞他媽屌！」

漫天飛的髒字一直持續到對話告一段落，受到大家鼓舞的方寅衍忍不住勾起唇角，卯足了勁練舞去了。

❤

「還需要我幫妳助攻嗎？」

「就說了他不喜歡我，你助攻屁啊。」

「那妳喜歡他嗎？」周子雲撐著下巴，眼裡閃著好奇的光彩，模樣有點欠扁。

顏未織沒打算坦白，沉默不語。

雖然周子雲昨天替她「助攻」時，方寅衍的表情的確很難看，但這不一定代表他喜歡她吧？

她胡思亂想著，就是不肯輕易相信周子雲剛剛不斷強調的「他一定喜歡妳」。

見狀，周子雲大大嘆了一口氣，趴到了桌上。

這女人怎麼就那麼難說服！眼睛瞎了嗎！虧他好心想撮合他們。

就在此時，方寅衍進了教室，兩人很有默契地瞬間噤聲，視線同時追著他，從門口一路移到了……顏未織的座位旁。

她愣了下，而周子雲立刻從座位上彈起，很識相地暫時離開教室，留給他們兩個獨處的空間。

顏未織瞪了他遠去的背影一眼，方寅衍則抓緊機會，難得有些忐忑地開口了：

「妳下禮拜一晚上有空嗎？」

他這是在邀她嗎？可是……

「你要幹麼？」她抬起頭，蹙眉反問。

見她似乎不太樂意，他抿抿唇別過了頭，「那天晚上熱舞社成發，妳要來嗎？」

顏未縭的心不禁重重跳了一下，隨後，她下意識將目光落到了隔壁空蕩蕩的位子上。

還說要助攻，這下不是礙了她的道嗎？

因爲那天晚上也是周子雲的社團成發。

她沉默了，僅僅是這半晌的沉吟，便讓方寅衍深深不安。

「幾點？」她抱著一絲希望問他。他以爲她應該是答應了，於是語帶雀躍地回了「五點半開始」，卻發現她的表情變得更加僵硬。

怎麼就那麼剛好？周子雲的成發也是五點半開始，而且他還是第一個上場。

「我——可能會晚到半小時吧？不過我還是會去，只是那天剛好有另一個人要成發，我先答應他去看了。」雖然她其實更想看方寅衍的成發，可是答應過的事情她不會反悔。

聞言，方寅衍怔了片刻，緊抓著口袋內襯的手無力地緩緩鬆開。

在開場的兩支合舞後，他的solo排在第二個出場序。

他只能木木地點了點頭。

午休時間，方寅衍來到一樓川堂練舞，旁邊還圍了幾個好奇他的編舞成果的熱舞社夥伴。就算被如此圍觀，他依然不爲所動地揮汗練習，即便他已經知道顏未縭屆時很有可能趕不上他的solo。

「欸。」在中間休息喝水的空檔，他還是忍不住問了消息比他靈通不知多少倍的郝靳軒，「我們成發那天……有哪個社團也成發？」

郝靳軒聞言思索了一下，不太確定地比劃著回答：「呃，我記得是羽球社？他們那天是社內比賽。」

羽球社。聽到這個答案，方寅衍想起周子雲似乎也是羽球社的，眼神頓時一黯。所以顏未縭是為了看周子雲的比賽才會晚到？他突然後悔起自己為何沒有告訴她，他的solo是為她而準備的。

如今他也只能賭她能及時趕到了，畢竟節目表和整個流程的音檔都已送交外包音控廠商，無法輕易更改。而且，他其實還是希望當天再給她驚喜。

「怎麼了？發生什麼事？」一旁眾人見他表情糾結，訕笑著撞了撞他的肩膀，「不會顏未縭是羽球社的吧？不好好查清楚，現在搞砸嘍？」

方寅衍蹲下身，狠狠地將水壺放到了地上，不是滋味地答：「沒有，但她為了另一個男生的成發，有可能趕不上我的solo。」

「喔——」所有人聽了，全都搖頭晃腦地怪叫起來，有人單手舉高將手腕往下壓了壓、有人則平舉手掌比出抹脖子的手勢，紛紛嘲笑起方寅衍。

「哇塞，那麼自信的小方方也有吃癟的一天？」

「搞不好人家看完對方成發就脫單了，帶著男友來看你失敗的告白喔！」

「菜雞！」

先前還熱血地支持他換歌的夥伴們，此刻一個個七嘴八舌地奚落他，不過方寅衍明白這群人就只是嘴賤而已，這就是高中男生的日常啊。

方寅衍撇撇嘴，逕自將音樂調大了音量，更爲賣力、投入地練起了舞步。

雖然嘴上說自己會遲到半小時，似乎沒把方寅衍的成發當一回事，但其實顏未縞非常介意。

最近她也在籌備管弦社的成發，忙碌到都沒怎麼碰IG，現在抽了個下課的空檔打開一瞧，她才愕然發現有許多熱舞社的男生來追蹤她，數一數大概有十來個。

是怎樣？她狐疑地一一按下確認，點進了她之前早已追蹤的那幾人的主頁，發現他們昨天的限動有志一同地發了這行文字——「你們的新一代熱舞男神solo要換歌了啦！」

又是新一代熱舞男神……不是她要說，這綽號眞的很有年代感。

方寅衍的solo要換歌？她點進熱舞社的IG帳號，瞄了下昨天才公布的節目表，發現方寅衍的solo被排在了第四個節目——〈Lover〉？

臨時換歌，是要換給誰看？她不甘心地想著，如果明天在現場看到范東怡，她一定會衝去揍暈那女人！警衛來攔都沒有用！

雖然這首歌的歌名的確勾起了她的好奇心，即使不是跳給她看的，肯定也很值得一看。

畢竟他跳舞真的很好看。

至少他還願意邀請她去看他跳舞，在方寅衍跟她說他交了女朋友之前，這樣的機會應該也沒剩多少次了。她嘆了口氣，仍是有些不暢快。

不過這麼一想，她突然期待起了禮拜一，並殷切地希望趕快度過週末。

Chapter 6 我的愛人，不用匿名

大概是心理作用，顏未緺覺得這個禮拜一的時間過得特別快，一轉眼就來到了放學時刻。

她依約抵達了體育館，坐在一個視野極佳的位子，目光隨著場上的羽毛球飄來飄去。

周子雲有時一個反拍小吊球，有時又拉開距離來個高遠球，輕鬆寫意，而對手卻是疲於奔命、滿頭大汗，那被玩弄於股掌的狼狽樣讓顏未緺心有戚戚焉。

看來對手實力挺弱的，否則也不會像她那天和他打羽球一樣被玩弄了。

本來賽前她還在擔心羽球比賽似乎沒有中場休息，得等比賽結束才能和選手說話，她中途離開不通知周子雲好像不太禮貌，結果多虧了他的直落二，比賽不出二十分鐘便結束了。

嗯，周子雲還眞的挺厲害的。

顏未緺在四周人群的歡聲雷動中站起身，將礦泉水遞給朝她這裡走來的周子雲，原想拍拍他的肩以示鼓勵，伸手卻摸到一片汗溼。

「你好噁喔！」她嫌惡地收回手，彎身往一旁的石頭階梯上抹了抹，而周子雲仰

頭咕嚕咕嚕灌水，抹了把汗、喘了口氣後，才笑著故意張開雙手，「要不要抱一下啊？」

「髒死了！不要靠近我！」顏未縭整個人往後彈，卻也跟著笑了起來。

兩人笑了好一陣，在周子雲的下一場比賽即將開始前，她總算開口。

「我……可以先走嗎？待會還有點事。」她試探性地問，但其實早就已經把隨身包包收好了。

聞言，正在用毛巾把額上的汗擦乾的周子雲將手放了下來。

在顏未縭有些忐忑的時候，他忽地大笑出聲，一拍她的肩膀。

「妳終於說了啊，我還在想要不要乾脆直接下逐客令呢。」

她一頭霧水。

「方寅衍的熱舞社不是也成發嗎？拜託，如果妳眞的爲了我放棄去看他的成發，我乾脆以身相許算了。」他再次伸手揉亂她的頭髮，而顏未縭這次沒有瞪他。他瞇了瞇眼，笑道：「還說不喜歡他？啊，其實妳沒說過不喜歡。去啦！說句祝我冠軍就好。」

注視著他帶笑的神情，顏未縭突然覺得十分感動。要不是周子雲全身都是汗，她說不定眞的會衝上前抱住他。

「你一定會拿冠軍的！祝——你——冠——軍——！」在跑出他的視線範圍前，

她如此朝他大喊。

周子雲站在原地向她揮手，心裡想著，他眞的可以稱得上是神助攻了吧？

他扭過身，返回了賽場上，準備達成她的祝福。

禮堂內震耳欲聾的尖叫和魔性的電子樂正肆無忌憚地放送著，顏未縭報出自己的名字走進去時，忍不住摀了摀耳朵。

說眞的，她不曉得自己會坐得那麼前面，居然在中間區域的第三排正中央。眞的是正中央。她側著身走進座位之間時，還擋到了不少人，爲此感到頗爲不好意思。

方寅衍的solo結束了嗎？

坐下以後，她突然有點緊張，此時郝靳軒正好從後臺走出來，似乎是以主持人的身分上臺的。

一陣尖叫忽然爆出，顏未縭不懂郝靳軒有什麼好讓人尖叫的，但他接下來說的話讓她瞬間明白了——尖叫聲其實是給方寅衍的。

「大家應該都有耳聞方寅衍臨時換了歌吧？下一段表演，就是他所帶來的

〈Lover〉！」郝靳軒炒熱氣氛似的高喊，而臺下的女生們也很配合，紛紛以少女式海豚音叫了起來。

雖然顏未縭沒有跟著叫，不過她的情緒也變得高昂，因爲她趕上了！

「大家想不想聽方寅衍換歌的原因啊？」

「想——」好吧，顏未縭回答了，她超級想知道的！如果郝靳軒等一下賣關子說「那讓我們歡迎下一段表演」，她一定衝上臺去跟他幹架。

郝靳軒神祕兮兮地繞著舞臺走了幾圈，在大家即將不耐煩地噓他的前一刻，他很會抓時機地開口了：「那是因爲——」

顏未縭緊張了起來，明明就與她無關，也許她只是被周遭的氣氛感染了⋯⋯

「他要向喜歡的女生告白！」

全場一片譁然。

在郝靳軒說出這句話後，場內的尖叫比方才還要刺耳上了好幾倍，簡直有如當紅偶像的演唱會現場。

但顏未縭的心情意外地平靜了下來，她左顧右盼地找起范東怡的身影，而郝靳軒有意破壞氣氛似的補了一句：「只是那個女生要去看別的男生成發，所以可能來不了了。」

在大家激動地發出噓聲時，唯獨顏未縭愣住了。

所以那個女生是同校的？

顏未縭對上郝靳軒的目光，看到他眼底充滿笑意，她突然想起自己似乎、好像也是先去看了別的男生成發……

心跳如擂鼓般猛烈作響，顏未縭的喉嚨乾得好似要著火一般，臉頰也燒了起來。

此刻，郝靳軒又意味深長地說了一句話，比起是和大家說，更像是對她說的：「那個對方寅衍說過『你跳舞很好看』的女生，似乎還不知道被告白的人是自己吧？」

她頓時一驚，郝靳軒卻不再提示了。

「讓我們歡迎方寅衍所帶來的〈Lover〉！」

觀眾席緩緩暗下，顏未縭的心逐漸炙熱起來。

會是她嗎？可以是她嗎？

她的額間微微冒汗，眼神充滿希冀。

而方寅衍也同樣緊張，在上臺前連忙問了與他擦身而過的郝靳軒：「你有看到她嗎？」

「沒有耶，但這樣你就更不用緊張了，放肆跳吧！反正會錄影。」郝靳軒故意撒了謊，一把將滿臉失落的方寅衍推到舞臺的布幕後方。

好吧，至少他的確不用緊張了，就放開來跳吧！

方寅衍雖然無比失望，不過這個念頭反倒緩解了他將要告白的緊張，總算能眞正將這支舞視爲一場表演。

去吧。他告訴自己，走進了眾人的視線。

一看到方寅衍身著白色襯衫和黑色西裝褲，外頭還套上黑色西裝外套的造型，顏未縞就忍不住和身旁那些女生一樣吶喊了起來。

好帥！眞的超帥！平常太把方寅衍當一般人看待，此刻他充滿魅力地站在舞臺上，讓她終於有了他眞的是校草的感覺。

她還來不及欣賞他完美的外貌，一陣迷幻的薰氣波爵士樂便響起，觀眾席的嘈雜聲隨之消停。

方寅衍隨著音樂律動，以極爲性感的舞姿走向了觀眾席，時而往前、時而後退的舞步有些像恰恰，肢體的擺動卻更爲勾人。

他微微一笑，拿出一枝玫瑰準備遞給第一排的人，隨即卻一個旋身收回了手，將玫瑰握在掌心搖了搖食指。

「Not for you.」他的嗓音低沉，含笑說道。

顏未縞不禁一陣悸動。

方寅衍將玫瑰放到嘴邊，狠狠咬下一片花瓣啣在嘴裡，揚起一個足以蠱惑人心的笑容。

全場再次狂熱地尖叫，而他拉開西裝外套，將玫瑰收進外套內側的口袋，拍了拍左胸膛——心臟的位置。

接著，他隨著旋律一個震點、一個側滑，音樂中的電子音突然越來越強烈，他瞬間吐掉了那片花瓣，摀住胸口、展開手腳顫動起全身，像是所有電流都往心臟匯流似的，他露出彷彿感覺疼痛的迷離神情，轉了轉頸子。

他雙手掌心相對，在胸前繞了一圈後往右邊推去，手臂邊伸直邊顫動，腳步則向舞臺左側橫跨，和左邊的觀眾互動了一下，然後又向右走去。

當他再次回到舞臺中央時，他看見了顏末縭痴迷的目光。

他的心臟撲通一跳，差點沒當場當機。

顏末縭看得目眩神迷，完全不能理解方寅衍爲何能像天生自帶電流一樣，每一個動作的震顫都俐落而恣意，舞姿強勁神情卻依然輕鬆。

當然，除了精湛的舞蹈，最引人注目的還是他的每一個表情，咬唇、瞇眼、勾唇——令她目不轉睛。

她如在夢中一般欣賞完了表演，直到歌曲結束還回不過神，徹底沉醉在方寅衍的迷人之中。

之後，顏未緺又看了好幾組表演，有合舞也有其他社員的solo，其中不少人都是有印象的面孔，以池詩雅爲首的Jazz組自然也有登臺。

雖然接下來的演出精彩不減，她還是私心認爲方寅衍的表演最爲帥氣。

時間過得很快，轉眼便來到熱舞社眾人一同彎身謝幕，接著下臺和同學們互動、合照的時刻。

顏未緺的座位已經夠前面了，所以她原以爲自己能搶個頭香去找方寅衍，沒想到當社員們跳下舞臺時，她身後的觀眾全都蜂擁而上，害得她只能站在原地以目光搜索他。

她掃視了好幾回都沒找到，正當她皺眉打算擠進人群中時，忽然有一隻手拍了拍她。

她轉過身，見到了心心念念的那個人。

這一瞬間，顏未緺總算信了周子雲說過的話。

因爲方寅衍此刻的眼神無比眞誠而熱切，所以她信了。

他深吸一口氣，沒有任何猶豫，直接說道：「我喜歡妳。」

顏未緺的心臟怦怦狂跳，感覺整個人天旋地轉，要不是她的心跳得發疼，她肯定會以爲這是一場夢，太過美好的夢。

她還不知道要回應些什麼，方寅衍便從西裝外套裡掏出了那枝玫瑰。

「雖然這原本是道具，但……還是可以送妳吧？」他略顯不自在地說，而顏未縭乖乖接過了玫瑰，嘴上卻下意識回應：「可是你剛剛咬過。」

沒辦法，她現在完全反應不過來，只能想到什麼講什麼。

見她神情呆滯，似乎並不特別雀躍，方寅衍猶豫地問：「妳……還喜歡我嗎？」

「……喜歡，還是很喜歡。」她依然是下意識地回，他的手卻因這句語氣平淡的回話而抖了抖。

在方寅衍欣喜若狂之際，顏未縭稍稍回過神，即便心中甜蜜，她仍是努了努嘴，不太高興地問：「不過你那天不是去找范東怡了嗎？」

這句話讓方寅衍懂了她這幾日的疏遠是爲什麼，他不由自主地慌了起來，像是怕回答錯了她就會走人一樣。

「我是去找她了結那段感情的，不、不是去找她幹麼……」他難得結巴，語畢又掏出手機，急著證明自己的清白，「我也把吊飾丟了！妳自己看。抱歉，讓妳誤會了……」

要是這時有其他人在場，目睹向來待人淡漠的方寅衍爲了一個女孩，竟緊張得連話都說不好，還小心翼翼捧著自己的手機送到她面前，只怕她繼續生自己的氣，肯定會目瞪口呆。

「喔。」其實顏未縭非常開心，卻仍故作冷淡地撇過頭，只有嘴角誠實地彎了起來。

見了她的笑容，方寅衍總算放心了。

「那妳現在還嫌那枝玫瑰上有我的口水嗎？」他指了指玫瑰。想起自己方才的反應，顏末緔有些羞赧地澄清：「不會啦！我剛剛……」

話還沒說完，她的唇就被方寅衍堵住了。

她驚得瞪大了眼睛。

彷彿有一股電流從他們相接的唇傳遞到彼此的心臟，她不由自主地閉上雙眼，而方寅衍一手摟住她的腰、一手按向她的後腦勺，加深這個吻。

一陣唇齒纏綿後，方寅衍總算放開了微喘的顏末緔。

「那就好。」他笑著說，好半晌，顏末緔才恍然醒悟他是在回答兩人接吻前，她沒說完的那句話。

她紅著臉推了他的胸膛一下，而他將她按在自己的胸口，在極近的距離下問道：

「那，我可以繼續吻我的女朋友嗎？」

女朋友這三個字太過撓心，顏末緔闔上了幸福得微顫的睫毛。幾秒後，發現吻遲遲沒有落下，她羞惱地睜開眼，不等對方露出調笑的表情，她直接踮起腳尖，扯住他的衣領主動親了上去。

方寅衍嚇了一跳，但也很快進入狀況，他雙手環住她的腰彎下身，深入而繾綣地延續了這個吻。

身周的喧囂，似乎已然消失於兩人的世界裡。

之後，方寅衍把那天去找范東怡時發生的事告訴了顏未縞，顏未縞聽了十分生氣，跟他借了手機，並從范西那裡問到范東怡男友的IG帳號後，便意氣用事地私訊了對方，方寅衍攔都攔不住，只能無奈地隨她去了。

她將方寅衍和「林凡」之間幾段比較關鍵的對話，以及「林凡」LINE帳號的主頁畫面截圖下來，連同網路上那篇爆料「林凡」欺騙家教學生感情的討論文傳給了范東怡的男友，而且是坦蕩蕩地用了自己的本帳。

「你自己看看你女友做了什麼好事。」

傳完之後，她就撒手不管了，連對方反問「妳是誰？」都不理。

對於她的行為，方寅衍都不知道自己是該斥責還是感謝了。

另一方面，他們兩個的戀情很快就曝光了，除了因為他們那天公然在熱舞社成發會場接吻，也因為方寅衍做了一件不曉得從誰那裡學來的事——把顏未縞的帳號標註在自己的IG主頁。

顏未縞看到以後簡直快瘋了，她雖然直來直往、交遊廣闊，在感情上卻並不想高調。前陣子被十幾個熱舞社成員追蹤她就快嚇死了，更何況是上百個不認識的人？

她總算懂了當初方寅衍被標註在他們園遊會攤位的宣傳影片裡以後，所面臨的麻煩處境了。

在她的威脅之下，她的帳號只掛在方寅衍的主頁幾天便撤掉了，然而他們還是瞬間在校內火紅起來——還有匿名校版。

#**告白／靠北和安4110**

方寅衍之前在主頁標的那個人真的是他女朋友嗎？嗚嗚嗚我心碎成片……

#**告白／靠北和安4111**

顏未縞到底是誰？

#**告白／靠北和安4112**

方寅衍居然脫單了！那女人算什麼咖啊？長那樣也敢攀？

其中當然也不乏謾罵顏未縞的投稿，不過她倒是無所謂，畢竟如果方寅衍的交往對象是別人，她指不定也會上來偷偷罵個幾句。

但方寅衍一本正經的回應，還是讓她非常感動且心動：「我攀她的。」

於是，除了他們交往的消息被大肆宣揚，還有一個傳言也跟著被散播出去——方寅衍很寵女朋友。

「顏未縭，有人叫郝靳軒來問我要不要乾脆開個匿名提問箱。」某個週末，顏未縭和方寅衍手牽著手準備去看電影。在排隊等待入場時，方寅衍忽然想起郝靳軒之前的轉述，皺眉問道：「那是什麼？」

「類似你個人的匿名版啦！我猜提議的人一定是覺得現在的匿名校版根本像是你的匿名版，提問箱都是你的迷妹在投稿，哈哈哈哈！」顏未縭放聲大笑。

這陣子匿名校版上全是和方寅衍有關的投稿，如果他自己開了匿名提問箱，就能讓那些迷妹轉移陣地，還給全校同學一個清淨的匿名版。

「匿名版可以自己開？」方寅衍還是不太懂自己開匿名版是什麼概念，在顏未縭的解說下，他才總算弄明白了。原來「匿名提問箱」是一個可以讓人匿名留言給自己的頁面，學校裡的許多風雲人物都在使用。

「懂了吧？然後我猜提議的那個人，應該是想用一堆罵我的留言塞爆你的提問箱。」顏未縭補充。校園風雲人物開匿名提問箱後，自己的女友或男友被眾人投稿罵個半死的情形十分常見，那些人都敢在匿名校版上罵她了，若是方寅衍設立了個人的匿名提問箱，他們豈不是會變本加厲？以爲她不懂？

「那就別開了吧。」他牽緊她的手，拉著她走進影廳。

他們循著走道旁的號碼找到了自己的座位，顏未縭坐下來後，沒有多看身旁的男女，卻聽見了他們的對話。

「妳……眞的不介意嗎？」

「介意什麼？」

「方寅衍和顏未縭交往啊！」

「我就說——」女方尚未說完，方寅衍和顏未縭便同時聞聲轉了過去。

四人視線相對。

「欸！你們對我姊做了什麼啊，她最近心情都超差的樣子耶！」范西劈頭就這麼問。雖然他曾對顏未縭說，就算她要揪人去打范東怡都可以，但他現在的語氣裡仍充滿擔憂。

顏未縭和方寅衍相視一眼，沒回答這個問題，而是鄙夷地道：「范西你很遜耶！都過了那麼久，你現在才約到她？」

「嗄？」范西聞言愣了一下，明白她在說什麼以後，他很直接地反駁：「這不是第一次啦！」

這下換顏未縭愣住了。見池詩雅肘擊了范西，滿面通紅卻沒有辯解，她露出曖昧的笑，「喔——呵呵呵——」

「笑、笑什麼！既、既然你們都交往了，方寅衍你以後還會不會用『不要跟我告白』來拒絕別人？」池詩雅有點結巴地回嘴，原想反將顏未縭一軍，想不到這招被方寅衍輕描淡寫擋下了。

「會啊。」他不假思索地說，其他三人霎時異口同聲地問：「爲什麼？」

正當顏未縭還在擔憂他是否仍眷戀過往時，方寅衍摟住了她的肩，「因爲我有她了啊。」

顏未縭心裡一甜，而方寅衍側過身凝視她，也趁隙將自己想問的事問出口：「妳……眞的不會介意我和林凡的那些過往？」

「不可能不介意，可是這不影響我愛你。」她心情大好地回應，方寅衍一怔，不過對於她時不時的藉機告白，他早已習慣了。

「嗯，我也愛妳。」他裝作不經意地拍了拍她的頭。

池詩雅露出了想吐的表情，范西則是滿面驚恐地又冷不防被閃瞎。這眞的是當初對他的質問半句都不理的方寅衍嗎？

只有方寅衍自己知道，他並非失去了自我，只是爲了她而心甘情願改變。

他依然會對其他女孩說出「不要和我告白」這句話，可如今是因爲她。

「因爲妳」——兩人初識時，方寅衍那則開玩笑的訊息就像一則預言，從今以後，他的每一個決定、每一次心動、每一刻的喜怒哀樂，都會是因爲顏未縞。

全文完

番外一

我的歲月裡有你

站在餐廳門邊，穿著整齊的方寅衍捏了捏顏未緺的肩膀，溫聲回答她接二連三的問題。

「你說，同學會眞的會像網路上很多人說的一樣尷尬嗎？」她皺著眉頭，擔憂地問，不甚自在地拉了拉方寅衍的襯衫下襬。

「妳覺得不會，那就不會。」他答道。

到了聚會地點，方寅衍原本打算直接伸手推開餐廳大門，畢竟旁邊的小黑板上已經清楚寫著「和安高中第62屆一年信班同學會」，還有什麼好猶豫的？

然而顏未緺一把拉住他，開始滔滔不絕地訴說擔憂。

「可是我覺得會！當年我以爲我們分班後，群組還是會一樣吵吵鬧鬧的，結果呢？不到一個月就幾乎沒有人在講話了！等一下會不會很尷尬啊？」

「楊榮遠提出辦同學會的時候，大家的反應不是挺熱烈的嗎？」

「哪有熱烈！而且其實我們所有人只同班過一年，就算分班後還是有幾個人被分到同一班，但還是不一樣啊……」

「我們兩個也只同班過一年啊。」

聞言，她頓時語塞了。

高二分班時，方寅衍選擇了第二類組，顏未綰則是選擇了第一類組。

兩人沒有因此漸行漸遠，還是常在假日出門約會、考前一起去圖書館念書，直到高中畢業後仍是如此。

即便上了大學，兩人就讀的科系和學校都不同，不過畢竟仍在同一個縣市，所以偶爾去對方的大學見面也不難。

他們之間的感情細水長流，一晃眼，就是七年。

正當方寅衍還想說些什麼來安撫顏未綰時，他們身後傳來一道聲音。

「我們畢業後不也沒有變得尷尬嗎？是在擔心什麼？趕快進去啦！」

顏未綰轉過頭，一看見是上個月才一起吃過飯的陳梧靜，她立刻從方寅衍的臂彎裡抽出手，雙手一攤吐槽道：「拜託！那是因為我們有定期約見面好不好！我們跟其他人可是已經四年多沒見了，都快大學畢業了！」

而方寅衍向陳梧靜打了個招呼，便趁著顏未綰分神之際，摟住她的肩將人帶進了餐廳。

直到走上被他們班包場的餐廳二樓前，顏未綰都還癟嘴擔憂著。

其實，她就是因為太喜歡這個班級了，所以才害怕面對多年之後彼此生疏的情景。

但出乎她意料的是，還沒看見大家的人影，他們就先聽見了一片歡聲笑語。

「你真的還在讀醫學系？沒被退學喔？」

「沒有啦，我一確立目標就會勇往直前，你又不是不知道。你呢？有工作了沒？」

「最近剛開始實習，現在是劇場工作人員，聽起來有沒有很酷？」

「欸欸欸！長跑七年的班對來了啦！」其中一名同學瞧見了顏未縭他們，馬上眼睛一亮，高聲吆喝道，全場焦點瞬間轉移到他倆身上。

十幾個人同時轉過頭來，即使顏未縭昨晚特地翻看了大家IG上的照片，一時間也沒能分辨出誰是誰，只能微笑向眾人揮手打招呼。

所有人都成熟了許多，無論是面容或是穿著打扮的風格，和高中時相比幾乎皆有不少變化。

方寅衍點了點頭致意，然後牽著顏未縭走向郝靳軒所在的桌子，拉開一張椅子讓她先坐下，自己才坐了下來。

落坐以後，方寅衍總算注意到所有人都默不作聲盯著他們。

「……看什麼？」他挑起一邊眉毛，隨手替顏未縭倒了杯水，接著整了整襯衫下襬，望了回去。

接收到他的視線，有的人一臉欽羨，有的人神情沮喪。

「唉——」陳梧靜很是理解地嘆了口氣，這兩人的恩愛程度實在太令人嫉妒了。在顏未縭旁邊的她支起下巴，對那些同學投以充滿同情的目光。

「習慣就好，嘖嘖。」坐在方寅衍另一側的郝靳軒跟著調侃。畢業後，就屬他們四人最常私下聚餐了，他早已看慣這兩人老夫老妻似的舉動。

兩人開口緩和了氣氛，一時半刻卻也沒人主動開啟話題，主辦人楊榮遠大概是想活絡一下場面，於是說道：「哈哈！沒事沒事，想必大家只是看方寅衍越來越帥了……」

剎那間，所有視線咻地轉到了楊榮遠身上，場面更為安靜了。

楊榮遠是尬聊王嗎？

顏未縭憋笑著用手肘撞了撞方寅衍的腰側，嘴角都憋得發疼了。她側過頭，一手遮住自己的嘴，一手撥了撥方寅衍向上梳起的劉海。

升上大學後，方寅衍在校園裡被搭訕的次數直線上升，也許是因為他越來越懂得打扮了，而且即使念資工系沒什麼時間參與社團，偶爾參加的熱舞活動仍使他受到更多人注意。

雖然顏未縭覺得方寅衍變得更帥是事實，但楊榮遠炒熱氣氛的功力實在不行，安靜的時間一拉長，其他人也都想笑又不敢笑地露出了滑稽的表情。

「……嗨？」樓梯間再次傳來腳步聲，在場眾人回頭一望，有個人一臉猶疑地爬了上來，「這麼安靜啊？」

那人穿著純白的寬鬆上衣，外頭罩了一件藍色牛仔外套，他抬手隨性地抓抓頭髮，走向桌邊。

「我們在鄭重迎接你啊。」有個同學招了招手，開玩笑道，而後不禁噗哧一笑。這個笑聲像是一個契機，大家都跟著放聲笑了出來，剛到場的那人也笑了下，然後坐到顏未緺身後那桌，她一扭頭，正巧和他對上眼。

其實他一走上來，她就認出他了。

「周子雲？」她喊出名字，尾音不確定地上揚，畢竟兩人眞的很久沒見了，會不會認錯人還眞說不準。

「顏未緺。」他也正想喊她。

他的聲音少了些少年的昂揚，添了點醇厚。

兩人認出彼此後，她笑了，發出輕輕的氣音。

「好久不見。」她下意識地將髮絲勾至耳後，當年總是夾起的劉海早已留長，整個人成熟了不少。

她似乎變得比較內斂了。周子雲愣了愣，腦海中浮現的是顏未緺高中時青春洋溢的模樣。

「原來是周子雲？你還有在做甜點嗎？」

一位同學好奇地問，聽到熟悉的名字，方寅衍也轉過身，正好看見周子雲怡然自得地笑答：「有啊，明年就要接手我爸的分店了。」

事實上，方寅衍和周子雲早在高一時就說開了，得知對方是眞的想撮合他和顏未縭，他勉強釋懷了一點，後來還不時會去周子雲家的甜點店買檸檬塔吃。

「哇——」全場響起一片讚嘆聲，氣氛又熱烈了起來。

「那顏未縭呢？妳最近過得如何？」周子雲反過來問顏未縭，她聞言顯得有些不好意思，小聲地說：「我現在讀大眾傳播……唉，不過畢業後的出路還沒找好就是了。你還不如問方寅衍，他啊，早就有公司要錄用他了！」

「資工系的，工作就是好找！」這番話再度令大家羨慕不已，畢竟在場眾人都正值大四，多半煩惱著畢業後要做什麼。

「醫學系就沒這問題了，我還得繼續讀呢！」剛才說自己念醫學系的同學發話了，他自豪地拍拍自己的胸脯，引來哄堂大笑。

「其實大家都沒什麼變嘛。」顏未縭總算放心了，班上的大家幾乎都還是她熟悉的樣貌，雖然有人缺席、有人走上出乎意料的路，本質依舊是當年的那群人。

然而，陳梧靜不依地反駁了。

「沒什麼變？妳說我沒什麼變嗎？」她炫耀似的舉起左手，只見她的無名指上頭戴了一枚亮晃晃的別緻鑽戒。

顏未織自然是知情的，大二的時候，陳梧靜和她的同學合作開了一間珠寶設計工作室，合作著合作著，那個同學不知怎地就從夥伴變成了老公。

所有人在這一刻爆出了最熱烈的驚呼和喝采。

同學會結束後，顏未織還戀戀不捨地沉浸在懷舊的情緒中，於是纏著方寅衍陪她回了趟高中校園。

今天是假日，學校裡不若平常那般吵嚷，只有一些學生在練舞或練團。

站在操場邊，顏未織想起以前和方寅衍交往的種種。

「我還記得我那時候在學校裡都不敢太張揚，怕走在路上隨時會被你的粉絲爆頭。」她大笑了幾聲，繼續說下去，「但事實上是我想太多了。」

方寅衍也勾起一個微笑，伸手壓住她被風吹亂的頭髮。

「然後啊，每次你在學校裡要親我的時候，我都不給親，因爲我眞的很擔心被熟人撞見。」她抬眸望進方寅衍眼底，眼珠子骨碌碌地轉了圈，補充道：「除了剛交往的那一次。」

聞言，方寅衍十分識趣地捧住她的臉，低頭吻了她。

突如其來的親吻讓顏未緺不禁瞠大眼睛，不過還是順從地仰起了頭，閉上眼摟住他的脖子。

同樣的校園裡，七年前不敢做的事情，七年後倒也沒什麼好顧慮了。

「妳剛剛是在暗示我親妳對吧？」一吻終了，方寅衍靠上她的額頭，啞著嗓音問。

他的眼眸映著她的身影，而她的亦如是。

「……這種事就不用求證了！」顏未緺紅著臉撇過了頭，嘴角卻不由自主地因爲他的吻而輕輕揚起。

若有人問他們，維持感情七年的祕訣是什麼？

那顏未緺肯定會回答，就是和剛交往時一樣，爲了他的每一個吻而欣喜、爲了他給的每一個驚喜而雀躍。

至於方寅衍則沒有認眞思考過這個問題，可是他也沒想過自己要怎麼不愛顏未緺，他覺得每一天的她都值得他再去愛一遍。

不要厭倦、不會厭倦、不曾厭倦，就是最好的答案。

兩人並肩走入川堂，耳熟的放克音樂隨著他們的接近逐漸清晰，口哨聲、叫囂聲不絕於耳，這是方寅衍再熟悉不過的畫面。

「咦？那不是方寅衍學長嗎？」見他們走近，郝斬軒的弟弟瞇了瞇眼睛，很快地認出方寅衍，「各位！大學長來了啦！學長當年可是紅遍全校的校草喔！」

「秀一下啦！」聞言，學弟妹們紛紛起鬨，方寅衍轉頭看了顏未縭一眼，只見她滿臉興奮地催促他：「看我幹麼？想去就去啊！」

明明就是她想看他跳舞吧！方寅衍無奈地蹙了蹙眉，既然女朋友想看，那他也只能恭敬不如從命了。

他捲起襯衫的袖口，走到了人群中央。

音樂響起，顏未縭全心注視著他展現出最自信的模樣，比高中時更精湛的舞技令眾人一再鼓掌叫好，滑步、震顫、扭身……一次比一次還要精采。

她的目光逐漸迷離。

那個能夠在人群中閃耀，也能夠在她身旁爲她倒水的人，就是她的男朋友。

直到方寅衍走回她身邊，她仍舊目眩神迷，脫口而出：「你跳舞很好看……」

許多年前，她也曾情不自禁地對他說出這句話。

「是因爲有妳看著。」方寅衍柔聲回答。

兩人同時沉默，不知道爲什麼，他的腦海裡閃過了一個畫面——顏未縭方才豔羨地瞧著陳梧靜炫耀婚戒的畫面。

感受到她主動牽起自己的手，方寅衍突然覺得也沒什麼不可以，甚至……只有是她，才可以。

「顏未縭。」他認眞地開口，而她輕輕哼出一個音節作爲回應。

「妳……有考慮過結婚嗎？」

她震驚地抬起頭。

「等畢業之後、我們的工作也都穩定一點，就結婚吧……妳覺得呢？」

他們在這之前從未討論到結婚這一步，所以方寅衍意外的緊張，畢竟這終究是攸關兩個家庭，以及彼此一生的決定。

她會願意讓他成爲她的一輩子嗎？

顏未縭沉默良久，才雙手顫抖著擁住他，在他肩上用力點了點頭。

方寅衍還沒來得及高興，就聽見她說：「你的意思不會是……這就是你的求婚吧？」

他忍不住笑了，他明白女孩們有多注重求婚的那個時刻。

「不是，會有正式的。」他在她耳邊輕聲說，「妳要鑽戒、要單膝下跪，我都會給妳。」

漫漫歲月裡，她只要有他，日子永遠不顯得漫長。

青春韶光中，他不只要她，他還要她剩下的時光裡——有他。

「我不會說什麼情話，所以我想了很久，最後還是只能說出一句……我愛妳。」

她早已泣不成聲。

「還有，嫁給我好嗎？」

番外二
情非得已

「你一定會拿冠軍的！祝——你——冠——軍——！」

周子雲揮著手，目送顏未縭又喊又跳地跑出了自己的視野。

他……眞的可以稱得上是神助攻了吧？那兩人或許等等就會交往了。他心想。

他收回望著她的目光，心裡其實覺得她這個舉動有點傻，也有點太張揚了。畢竟，他並不是她的誰。

「又不是女朋友，也太支持你了吧……靠！你臉紅個屁啊？」

「噁心！暗戀別人還偷偷臉紅的周子雲眞噁心！」

周子雲紅著臉瞪向旁邊唱雙簧似的朋友們，隨後甩頭走回球場中央。

他哪是因爲害羞而臉紅！明明就是因爲尷尬！

在四強賽的哨聲響起前，臉上熱度逐漸消退的周子雲突然發現了一件事。

無論是在下課時與好友玩鬧之際、球場上的中場休息時，還是玩眞心話大冒險的時候，總有人會問他這麼一個問題——

「欸，你到底喜不喜歡顏未縞啊？」

尤其是在他當著方寅衍的面抱住她，「助攻」了那麼一次以後，這個問題的出現頻率更是翻倍增加。

他可以理解大家是出於看好戲的心態，但為什麼他自己並不那麼認為？

嗶——

哨音響起，周子雲舉起球拍，決定用這場比賽來找答案。

就像數花瓣一樣吧，球落地的時候他數到哪個選項，他對她的感情就是什麼。

對方抬手準備發球，周子雲緊盯那顆略帶塵土的白色羽球，看著它被揚起、擊出，直直飛到自己面前，他再使勁擊回。

場上重複著這看似稀鬆平常的你來我往，觀眾的焦點大多在那顆球上，然而只有內行人懂得深究細節，視線流連在兩人的揮拍、球向、步伐等技巧的展現。

而周子雲心中，也默默重複著一個看似簡單的輪迴。

喜歡、不喜歡、喜歡、不喜歡……

隨著球的忽起忽落，周子雲提心吊膽著，深怕一個不小心球就落在了他數到「喜歡」的時間點。

要是對手得知他目光炯炯，卻只是把這場四強賽當作數花瓣，肯定會氣瘋的吧。

其實周子雲平時很看重比賽，要不是成發本來就偏娛樂性質，而這場比賽的對手實力又不特別好，他也不會在腦海裡上演這樣的小劇場。

羽球再次飛來，剎那間，他看準了時機，側身躍向球飛來的方向，手腕一壓，使出了點殺。

對手被殺了個措手不及，即便伸長手臂想挽回，羽球仍舊落地。

計分板首次被翻頁，全場鼓譟尖叫著，得分的周子雲驚覺不對。

糟糕，是「喜歡」。

但他隨即察覺了這個「數花瓣」方式的漏洞——如果每次落在對方那裡都是喜歡、落在自己這裡都是不喜歡，那有什麼意義？他可不會為此放水，所以這不能算數吧？

他的反應就像每個人拔完花瓣之後，若得到的答案不滿意，往往會再換一朵花一樣，其實自己心中早就有定見，數花瓣只是想尋求一份支持。

喜歡？還是不喜歡？他承認，他沒有思考過這個問題的答案，或者說他是逃避去思考。

周子雲甩甩頭，決定還是先拋卻雜念，專心應戰。

在越來越熱烈的歡呼聲之中，他從四強賽晉級到冠軍賽，最後一舉奪下了冠軍。

比賽結果塵埃落定，周子雲緊繃已久的肌肉這才放鬆下來。他用手抹了把汗，好友們紛紛圍上來，遞水的、給毛巾的，各種獻殷勤，場面好不熱鬧。

等顏未縭知道了這個消息，指不定會笑著說這是多虧了她的祝福。

他還是不由自主地想起了她，而這麼一想，他不禁笑了。

嘴角牽動的瞬間，他似乎也明白了自己的答案。

「所以你到底喜不喜歡顏未縭？」

隔天一早，在班上大多數的同學都還未到校之前，陳梧靜一屁股反坐在周子雲前方的座位，趴在椅背上這麼問。

正吃著自家瑕疵檸檬塔當早餐的周子雲瞟了她一眼，卻發現她一臉正經。

「幹麼？」他警覺地反問，放下叉子。

八卦大王兼顏未縭的閨密問他這種問題，無論理由爲何，都肯定不是什麼好事。

「哇，還給我防備咧！不問了不問了，周子雲肯定喜歡顏未縭啦！」陳梧靜瞪大眼睛，雙手一甩就站了起來嚷嚷，最後一句還強調似的提高音量。

教室裡所有人幾乎同時抬頭望過來，所幸顏未縭不在。周子雲連忙跟著站起身，把陳梧靜壓回了座位上，「等等！不要給我散播這種謠言！」

「謠言？所以是不喜歡嘍？」陳梧靜掙脫他的手，再次站起來，周子雲只好又把她壓回去，「等等，也不是，妳先聽我說……」

「不是喜歡也不是不喜歡，你是在靠北喔！」聽了這矛盾不已的回答，陳梧靜沒好氣地反駁，她實在很想一腳踹翻周子雲的課桌椅。

「誰跟妳靠北，對一個人的感覺本來就不是只有喜歡和不喜歡這種二分法好嗎？」周子雲壓低嗓音，嘗試說明自己昨天梳理出的想法給她聽，「妳難道就沒有那種沒有到喜歡、也沒有到不喜歡的人嗎？」

大概是因爲聽不清周子雲回答了什麼，其他同學一個個收回了目光，繼續做起自己原本正在做的事，這讓他吁了口氣。

而陳梧靜一臉似懂非懂地點著頭，事實上根本是左耳進右耳出。

「好，不要是非題是吧？那我給你簡答題。請問你對她是什麼樣的感情？」她換了個說法逼問他，壓根不理會他那彎彎繞繞的莫名論點。

什麼樣的感情嗎？

周子雲低頭，瞧見自己吃到一半的檸檬塔，恍惚了一下。

說眞的，一開始他只不過覺得顏未縞是個挺活潑外向的人，但開始籌備園遊會之後，他漸漸和她熟稔起來，發現了她細心和能幹的一面，也逐漸見到了她的各種笑容——

微笑時會抿出一個酒窩、傻笑時會微張嘴巴、大笑時則會瞇起眼睛。

他從來沒向她說過，他很喜歡看她笑。

於是他試著逗她、告訴她趣事，分享店裡的甜點給她……直到他給她檸檬塔食譜的那天，他才察覺了，能輕易讓她笑得開心的人不是他。

因此，他試著把她帶向那個能給予她快樂的人。

「就是……希望她能快樂吧。」周子雲皺了皺眉，近乎自言自語地回答了陳梧靜。

「哇，原來是那麼偉大的情操？」陳梧靜大感驚奇地低嘆，但周子雲不以爲然。

「什麼偉不偉大，被妳講得好像我很犧牲一樣。」他嘟囔。

如果他喜歡上她了，卻還撮合她和另一個人，那才叫偉大。

所以他沒有喜歡她，也不能喜歡上她。

「你一直替顏未緰助攻，就是希望她能快樂？」陳梧靜確認道，她還眞沒料到本來只是想討個八卦，卻討到了這麼有深度的答案。

「嗯，畢竟她喜歡方寅衍。」周子雲點頭。

「所以你……呃……不算喜歡她？只是因爲她喜歡方寅衍，所以你覺得你該撮合他們，讓她可以快樂？」陳梧靜再次說出自己的理解，接著擅自下了結論，「你撮合他們是情非得已就是了？誰叫顏未緰就是喜歡方寅衍？」

「嗯。」他垂下眸光。

他沒說的是，假如可以，他可能會喜歡上她。

正當周子雲還沉浸在自己的思緒裡，並覺得陳梧靜總算能溝通了的時候，顏未縭滿面春風地走進教室。

「顏未縭！我跟妳說，周子雲有個偉大的情操——」陳梧靜立刻放聲大喊，拍桌起身。

尚在門口的顏未縭停下腳步，看向一臉激動的陳梧靜，不明所以。

「靠北！閉嘴！」見狀，周子雲難得爆了粗口，猛地站起來想要捉住陳梧靜。

「……是在幹什麼？」顏未縭挑挑眉，疑惑地望著兩人同時朝自己奔來。

——喜歡妳或不喜歡妳，都是我情非得已。

後記
網癮少女，勇往直前！

大家好，我是御喬兒。

我從沒想過自己會再寫一次後記（對原版後記有興趣的話，歡迎去POPO站上的書本頁看看），更沒想過這本書可以得獎並出版。當時看到決選名單裡有自己的時候，我簡直興奮得不成人形，直接在公開場合和朋友一起大吼大叫XD

接下來的一切都有如夢境，頒獎典禮上得知自己拿了佳作，開心地抱著獎狀回家後，沒幾天就收到了實體出版的合作通知，我當下真的是從頭涼到腳（不是恐怖片的那種），又激動又不敢置信。跟家人分享後，他們說這是我人生的巔峰了。（喂）

總之，謝謝評審的肯定，也非常感謝一路上幫助我的編輯美靜、小魚、思涵，讓這本書可以順利產出。

接著談談這個故事的來歷，這原本會是我二〇一八年華文大賞的參賽作，但那時候我找不到對這個故事的熱忱，所以臨時換成另一個與音樂相關的故事。《請勿告白》就這麼一路被我拖拖拖，拖到了二〇一九年。

我一直覺得該給《請勿告白》這故事找個其他的元素，以「尋找前女友」貫串全書實在是太平淡了。因此，我決定讓顏未縭成為一個網癮少女——也就是這個時代常見的一類人，喜歡去各大匿名版扒八卦、相簿裡存著各種梗圖隨時準備傳給朋友、一天到晚分享各種星座契合指數或愛情小語的貼文等等；然後讓方寅衍成為一個科技白痴——總會有一些人不想下載當紅的社交軟體、沒跟到網路上的流行、認為已讀或是不讀不回訊息又有什麼關係。

我是個重度網路成癮者，打字和更新時事的速度都飛快，假日可以流連在社交軟體上長達三、四個小時，甚至能夠藉由家人手機裡傳出的聲音，判斷出他們現在在看哪一則臉書影片。（這樣子講出來眞的好嗎）

說到這裡，大家應該都發覺了，顏未縭對於網路的熟稔與著迷，原型正是來自我本人。而我的身邊也有堅持不下載IG的朋友，她表示自己非常能理解方寅衍。（雖然她最後還是和方寅衍一樣妥協了）希望顏未縭和方寅衍的人物設定，能讓大家產生一點點共鳴。

除此之外，我還想寫一個痛快的故事。因為我是個常自己默默糾結、不喜歡坦露心事的人，所以想塑造出一個和自己完全相反的角色。遇到不爽的事情就罵、喜歡誰就去告白、有什麼不明白的就想辦法找出答案……顏未縭就是如此直率的人，而獨來獨往的方寅衍其實也是。

「如果不告白會造成遺憾，告白會導致後悔，那她寧願後悔也不要遺憾。」人生中總是會有需要做出選擇的時候，選擇了以後，結局可能會是Happy End，也可能會是Bad End，但如果不去嘗試，結果永遠只會是一個問號。人生只有一次，有些機會錯過以後就再也沒有了！拿出勇氣啊！（最近我常常用這句話激勵自己）

最後，我還是要感謝我身邊的人。謝謝我的家人願意支持我寫作，還聲稱要買一百本實體書送去各大圖書館；謝謝我的朋友們一個個都跑來看這部作品、給予我回饋，並容忍我每天在群組裡嘮叨；謝謝雁子用「追求永恆就落入俗套了」來激勵我開始寫這本書，一路上也給我很多很多的鼓勵；謝謝玫瑰在我自我質疑的時候，總是無條件地稱讚我、支持我。

也謝謝每一個曾在連載時留言回應，以及買下這本書、喜歡這本書的人。感謝大家看完了這個以「勇氣」爲主軸的故事，這個故事獻給同樣著迷於網路——喜歡用梗圖、會開分帳來發廢文、非常在乎喜歡的人是否已讀了訊息——又或者是無法放手一搏去追夢、追愛的各位。

期待在下一篇後記再次相見。

御喬兒

城邦原創　長期徵稿

題材

(1) 愛情：校園愛情、都會愛情、古代言情等，非羅曼史，八萬字以上，需完結。
(2) 奇幻/玄幻：八萬字以上，單本或系列作皆可；若是系列作，請至少完稿一集以上，並附上分集大綱。

如何投稿

電子檔格式投稿（請盡量選擇此形式投稿）

(1) 請寄至客服信箱 service@popo.tw，信件標題寫明：【投稿城邦原創實體書出版／作品名稱／真實姓名】（例：投稿城邦原創實體書出版／愛情這件事／徐大仁）
(2) 稿件存成word檔，其他格式（網址連結、PDF檔、txt檔、直接貼文於信件中等）恕不受理；並請使用正確全形標點符號。
(3) 請附上真實姓名、性別、聯絡電話、email、POPO原創網會員帳號、作者簡介與出版經歷。
(4) 請加入POPO原創市集（www.popo.tw/index）申請成為作家會員，並將投稿作品公開放上該網站至少4萬字，若想全文公開也可以。

紙本投稿

(1) 投稿地址：10483台北市民生東路二段141號6樓
城邦原創實體出版部收
(2) 請以A4紙列印稿件，不收手寫稿件。
(3) 請附上真實姓名、性別、聯絡電話、email、POPO原創網會員帳號、作者簡介與出版經歷。
(4) 請自行留存底稿，恕不退稿。
(5) 請加入POPO原創市集（www.popo.tw/index）申請成為作家會員，並將投稿作品公開放上該網站至少4萬字，若想全文公開也可以。

審稿與回覆

(1) 收到稿件後，約需2-3個月審稿時間，請耐心等候通知。若通過審稿，編輯部將以email回覆並洽談合作事宜，如未過稿，恕不另行通知。
(2) 由於來稿眾多，若投稿未過，請恕無法一一說明原因或給予寫作建議。
(3) 若欲詢問審稿進度，請來信至投稿信箱，請勿透過電話、客服信箱、部落格、粉絲團詢問。

其他注意事項

(1) 請勿抄襲他人作品。
(2) 請確認投稿作品的實體與電子版權都在您的手上。
(3) 如果您的作品在敝公司的徵稿類型之外，仍然可以投稿，只是過稿機率相對較低。

國家圖書館出版品預行編目資料

請勿告白／御喬兒著. -- 初版. -- 臺北市；城邦原創出版 ： 家庭傳媒城邦分公司發行, 民 109.03
面；公分

ISBN 978-986-98071-9-7（平裝）

863.57　　109002789

請勿告白

作　　者／御喬兒
企畫選書／楊馥蔓
責任編輯／陳思涵

行銷業務／林政杰
總 編 輯／楊馥蔓
總 經 理／伍文翠
發 行 人／何飛鵬
法律顧問／元禾法律事務所　王子文律師
出　　版／城邦原創股份有限公司
台北市中山區民生東路二段 141 號 6 樓
電話：(02) 2509-5506　傳真：(02) 2500-1933
E-mail：service@popo.tw
發　　行／英屬蓋曼群島商家庭傳媒股份有限公司城邦分公司
聯絡地址：台北市中山區民生東路二段 141 號 11 樓
書虫客服服務專線：(02) 25007718‧(02) 25007719
24小時傳眞服務：(02) 25001990‧(02) 25001991
服務時間：週一至週五09:30-12:00‧13:30-17:00
郵撥帳號：19863813　戶名：書虫股份有限公司
讀者服務信箱 email：service@readingclub.com.tw
城邦讀書花園網址：www.cite.com.tw
香港發行所／城邦（香港）出版集團有限公司
地址：香港灣仔駱克道 193 號東超商業中心 1 樓
email：hkcite@biznetvigator.com
電話：(852)25086231　傳眞：(852) 25789337
馬新發行所／城邦（馬新）出版集團 Cité(M)Sdn. Bhd.
41, Jalan Radin Anum, Bandar Baru Sri Petaling,
57000 Kuala Lumpur, Malaysia.
電話：(603) 90578822　傳眞：(603) 90576622
email:cite@cite.com.my

封面設計／Gincy
電腦排版／游淑萍
印　　刷／漾格科技股份有限公司
經 銷 商／聯合發行股份有限公司
電話：(02)2917-8022　傳眞：(02)2911-0053

■ 2020 年（民 109）3月初版　　Printed in Taiwan
■ 2021 年（民 110）3月初版 4 刷

定價／250元

ISBN　978-986-98071-9-7

POPO城邦原創 www.popo.tw　城邦讀書花園 www.cite.com.tw